BERLINALE BLITZ

C'est le plus discrètement possible que Marina regagne son hôtel pour assister à la remise du grand prix de la Berlinale qui a toutes les chances de revenir à Rolf, son époux. Dans sa poche, elle dissimule une caméra. Mais que vient-elle de filmer dans cet entrepôt désert ? Au moment même où le couple doit descendre dans la grande salle des trophées, deux hommes les tuent à bout portant. Dans la panique, l'un d'eux s'enfuit et l'autre se retrouve enfermé dans les toilettes de l'hôtel. Pour Annette, flic averti, ceinturer le jeune tueur est presque un jeu d'enfants. Mais l'affaire se complique lorsqu'elle apprend que les deux assassins se sont suicidés à quelques minutes d'intervalle.

Annette sent que peu à peu l'affaire lui échappe et que les politiques cherchent à étouffer certains faits. Seule solution : appeler Epicur, la cellule de flics qui n'a pas à tenir compte de qui que ce soit, des hommes et des femmes libres, dotés de moyens techniques extraordinaires. Mais Epicur, c'est également une équipe humaine qui doit se colleter avec l'amour, le stress, le désespoir et l'ambition. Tous se rendent cependant à Berlin où il gèle à pierre fendre. Et ce qu'ils vont trouver n'aura rien à voir avec le cinéma et ses chimères.

Née à Londres en 1959, Stéphanie Benson s'installe définitivement en France en 1981, où son premier roman, Une chauve-souris dans le grenier, *est publié en 1995 aux éditions l'Atalante. Auteur de nouvelles, de romans policiers et d'œuvres pour la jeunesse, elle anime également des ateliers d'écriture pour adultes et scolaires.*

EPICUR

Stéphanie Benson

BERLINALE BLITZ

ROMAN

Éditions du Seuil

TEXTE INTÉGRAL

ISBN 2-02-052665-4

www.seuil.com

Aujourd'hui encore, Adolf Hitler est détesté d'une foule de gens. Mais demandez-leur si c'est le peintre ou l'écrivain qu'ils n'aiment pas, ils resteront cois.

Les étrangers sont nuls
Pierre Desproges

Homer : Et les gens n'étaient plus du tout aimables, la police non plus. Mais je n'abandonnerai pas tant que je n'aurai pas retrouvé Potsdamer Platz ! Où sont mes héros, où êtes-vous mes enfants ? Où sont les miens, les obtus, ceux des origines ?

Les Ailes du désir
Peter Handke - Wim Wenders

Proposition 43
La Haine est accrue par une haine réciproque, et elle peut, au contraire, être effacée par l'Amour.

Éthique : Des affects
Spinoza

Pour Sylvie

Merci aussi à Gilles Radzimski pour le plan,
à la bibliothèque de Bègles pour Les Ailes,
à Mireille pour La Recherche,
à Gilles pour le shampooing.

1

Passé un certain stade, le danger agit comme un catalyseur, une drogue. Il déclenche l'émission d'adrénaline dans le sang, augmente le rythme cardiaque, la vitesse des réflexes et donne un sentiment de légèreté, de supériorité, voire d'invulnérabilité. Marina Wolfstein était subitement devenue immortelle.

La jeune femme courut droit vers la portion de grillage non couverte par les caméras de surveillance, son pas souple à peine audible sur le goudron gelé. Seule sa respiration restait visible pendant quelques dixièmes de seconde en blanche nébuleuse devant le velours profond de la nuit avant de disparaître, happée par le froid mordant.

Elle avait déjà repéré l'angle mort dans le grillage entourant l'usine. Une des règles de la survie en milieu hostile était de vérifier la sortie avant de s'engager dans l'entrée. De telles précautions lui avaient déjà évité de sérieux ennuis lors de son incursion dans l'unité hydrogène de Rozenburg. Marina n'économisait jamais sur la sécurité. Après trente-quatre ans vécus dans la même peau, elle avait appris à y tenir.

Marina n'était pas certaine d'avoir été démasquée. Étant donné l'absence de réaction de la part de l'usine, elle commençait à se dire qu'elle avait peut-être réagi avec une certaine précipitation. Il n'y avait ni gardes armés ni chiens affamés lancés à sa recherche. Tant mieux.

Arrivée devant le grillage, elle se mit à escalader, ses gants et chaussures isolantes la protégeant de la clôture électrifiée. Elle portait une combinaison souple, résistante, isotherme et noire. La première protection est de se rendre invisible. Dessous, des sous-vêtements aux fibres thermo-réflecteurs, pas la peine d'attraper froid, non plus. Et, pour finir, une poche sur le ventre renfermait et protégeait sa caméra Iris miniaturisée. La V10, dernier modèle, 2.6 mégapixels, CDD avec Super Night LED, plus sensible que la vision nocturne d'un chat, plus léger qu'un livre de poche, et tout aussi inattaquable que la Deutsches Bundesbank. Le témoin parfait. Il enregistrait même la température ambiante au moment de la prise de vue. Marina avait investi pratiquement tous les bénéfices de son dernier film dans ce petit bijou de haute technologie. Ensemble ils allaient accomplir de grandes choses. Avec *Pluie et brouillard* en compétition officielle du 72e Berlinale, elle pouvait raisonnablement espérer que sa carrière prenne enfin de la hauteur.

La jeune femme atteignit le sommet du grillage, se glissa entre deux rangées de fil barbelé, puis se laissa retomber de l'autre côté. Toujours aucun signe d'alerte. Elle avait dû mal interpréter le regard du responsable du laboratoire n° 4 qui s'étonnait de voir le ménage commencé avec une demi-heure d'avance. Les explications de Marina – l'anniversaire de son fils ; elle ne voulait pas rentrer trop tard sinon elle le retrouverait endormi –, l'avaient sans doute convaincu.

La véritable femme de ménage avait reçu un courrier l'informant qu'une réunion importante et confidentielle devait avoir lieu jusqu'à tard, et que le ménage serait assuré par du personnel recruté pour la soirée. Il n'y avait ni faute ni complicité de sa part. Marina travaillait toujours seule et couvrait ses traces. Évidemment, elle avait bénéficié d'une aide à l'intérieur de l'usine, mais elle mettait n'importe qui au défi de découvrir qui et comment.

Elle atterrit en souplesse de l'autre côté de la grille, et repartit au petit trot dans le parc industriel : puissants lampadaires et parcelles d'ombre en succession. Marina n'avait jamais eu peur dans ce genre d'endroit. Dans la marge, la zone, on pouvait toujours discuter, argumenter, prouver qu'on ne représentait un danger pour personne. Ces gens, Marina les avait filmés, avait vécu parmi eux. Son premier prix, obtenu à l'âge de vingt-trois ans, avait été pour *Zone*, un documentaire sur des jeunes infectés par la maladie du millénaire qui avaient trouvé un abri dans l'une des vastes zones industrielles de Hanovre.

Mais ce soir, même les habitants de l'ombre s'étaient réfugiés loin du froid incisif de la rue, et Marina continua de courir seule, comme un joggeur particulièrement zélé, vers le terminus des bus et le confort de sa voiture.

La vraie femme de ménage arrivait tous les soirs par le bus, au moment où les bureaux et le laboratoire du hangar n° 4 retrouvaient leur calme nocturne, alors Marina avait fait de même avec un bus d'avance. Maquillage, perruque, bottes fourrées et manteau épais – le tout confié à l'une des nombreuses poubelles incinérateurs de l'usine au moment de son départ précipité –, épousant au plus près l'apparence de la titulaire du poste.

Une fois en sécurité dans sa voiture, l'effet de la poussée d'adrénaline estompé, Marina ressentit une immense fatigue ; envie de dormir, là, tout de suite, juste cinq, dix minutes, mais elle savait d'expérience que ce contrecoup passait vite et qu'il fallait au contraire rester mobile, sur ses gardes. Quelques voitures circulaient encore dans les rues désertées par les piétons ; on avait pu la suivre.

Mais non. Tout va bien.

Maintenant, il fallait se doucher, se changer et se présenter, belle et scintillante, pour la soirée d'inauguration du festival du film. Rolf avait été furieux quand elle lui avait avoué son intention de partir en tournage clandestin le soir même de l'ouverture. Cela avait failli provoquer la rupture de leur couple, mais Marina ne pouvait plus se permettre d'attendre ; des occasions pareilles ne se présentaient pas tous les jours. Il y avait eu une arrivée particulièrement importante ; les choses jusqu'alors restées à un niveau artisanal prenaient de l'ampleur. Une aubaine à ne pas manquer. Et avec l'ouverture du Berlinale, on pouvait espérer que les responsables partiraient plus tôt, et que les employés se montreraient plus détendus.

Marina ferma les yeux pendant quelques secondes, le temps de récupérer sa concentration, puis tourna la clef du contact. Le moteur émit un grognement animal avant de ronronner confortablement. Allez, James, on rentre à la maison.

La maison, le temps du Berlinale, c'était l'hôtel Grand Hyatt. Grand luxe aussi, mais Rolf avait un film en compétition. Son *Röte Engel* était parmi les favoris, et s'il remportait l'Ours d'or, ce serait la première fois depuis quinze ans que la prestigieuse récompense irait à un réalisateur allemand. Alors il fallait se plier aux convenances de ce type de manifestation et jouer le jeu. Même si Marina trouvait cela de la plus grande hypocrisie.

Il était sept heures trente lorsqu'elle confia sa Coccinelle III au portier de l'hôtel où une foule de techniciens installaient tapis rouge et projecteurs. Elle traversa le hall mal à l'aise dans son déguisement de super-héros, mais son visage n'était pas connu de la plupart des journalistes *people* présents ce soir, et, de toute façon, l'extravagance était de mise dans une soirée où l'unique but était de se faire remarquer.

– Fraülein Wolfstein ?

Elle se retourna à moitié.

– Johann Zeiber, *Nouvelle Vague*, j'aimerais…

– Tout à l'heure, si vous voulez bien, je suis déjà en retard, coupa-t-elle avec un regard appuyé vers sa montre.

L'homme fit un pas en arrière et se fondit dans la foule tandis que Marina appuyait sur le bouton d'appel de l'ascenseur.

Allez, dépêche-toi. Rolf devait être dans tous ses états.

Rolf attendait devant la baie vitrée, dos à la porte, cigarette tenue élégamment entre le pouce et l'index. Tout ce que faisait Rolf était élégant, de ses films au sexe. Marina avait l'impression que son compagnon avançait dans la vie comme s'il y avait une caméra braquée sur lui en permanence. Jamais un mot de travers, jamais un geste mal placé ni un cheveu qui dépasse. Et pourtant, elle l'aimait. Marina, l'intrépide, la militante mal dégrossie, le pourfendeur de moralités dépassées et défenseur de causes qui n'intéressent plus personne (des pingouins ? Tu as bien parlé de pingouins ? Marina *qui* se préoccupe du taux de mortalité néo-natale chez les pingouins ?), aimait d'un amour sincère et profond cet enfant du show-business international bien plus dans son élément sur un plateau de télévision que dans le métro. Rolf représentait à peu près tout ce qu'elle dénonçait, film après film, ce contre quoi elle se battait. Elle aurait dû le détester, eh bien, non. Il y a des mystères comme ça.

– J'ai la preuve, annonça-t-elle en tapotant la caméra miniaturisée dans sa poche ventrale. Je suis entrée comme dans du beurre, j'ai filmé, je suis ressortie. Ni vu ni connu.

Elle ne mentionna pas la course sur le bitume gelé, l'escalade du grillage ni le retour à travers la zone industrielle. C'étaient des choses que Rolf ne pouvait pas comprendre. L'amour n'est pas forcément complice.

– Un journaliste a téléphoné, dit Rolf comme si elle venait de lui parler de son après-midi de shopping sur l'Unter den Linden. Il voudrait une photo de nous deux avant la soirée. Dépêche-toi de te changer, il sera là dans dix minutes.

Et voilà ! Je viens de risquer ma vie pour porter à la connaissance du monde un mégascandale international, et toi, tu penses à la photo.

Sauf que, comme Rolf le lui aurait fait remarquer, personne, et surtout pas lui, ne lui demandait de risquer sa vie. Il y avait d'autres moyens. Plus lents, certes, mais ils existaient. Si Marina continuait de se mettre en danger de mort pour chaque film, c'était parce qu'elle aimait ça.

La douche lui fit du bien, détendit ses muscles malmenés, et l'aida à réintégrer le monde du festival. Elle aurait aimé y rester plus longtemps, mais il y avait le photographe de Rolf – pourquoi ne peut-il jamais dire non à ces gens ? –, alors elle se contenta du confort déjà obtenu, passa sa robe achetée pour l'occasion, se sécha les cheveux et appliqua un maquillage léger mais solide pour éviter le coup des rides de minuit et la peau grise de deux heures du matin.

Elle sortit de la salle de bains au moment où l'on frappait à la porte du salon attenant à la chambre. Rolf la détailla rapidement, le coup d'œil du spécialiste.

– Tu es parfaite.

Ils étaient deux. Peut-être bien l'homme qui l'avait accostée dans le hall, mais elle n'en était pas sûre. L'autre était plus jeune, cheveux coupés court, une lourde sacoche en cuir sur l'épaule.

Le premier homme remercia Rolf, regarda autour de la pièce à la recherche du meilleur angle pour la photo : non, pas dos à la fenêtre à cause du flash, plutôt sur le fauteuil, là, madame Wolfstein si vous voulez bien vous asseoir, et vous, monsieur, debout à côté…

Marina s'installa à contrecœur. Quelque chose dans le comportement de cet homme la gênait. Elle devenait misanthrope, ne supportait plus de fréquenter des gens ordinaires, ceux qui n'étaient engagés ni dans un vaste projet de création ni pour sauver le monde. Allez, descends un peu de ton nuage.

Le petit fouillait encore dans la sacoche dont le couvercle relevé masquait son contenu.

– Voilà, vous êtes parfaite, disait le photographe, répétant sans le savoir les dernières paroles de Rolf. Maintenant, regardez-moi tous les deux.

Soudain, Marina comprit. Il avait parlé d'un flash. Plus personne dans le métier n'utilisait de flash depuis l'invention des pellicules Night-time. Mais la pensée eut à peine le temps d'éclore que déjà le petit s'était redressé, son fusil-mitrailleur pointé sur eux. Il tira deux courtes rafales. Courtes et parfaitement meurtrières.

2

– Et si on faisait un bébé ? proposa Susie Donner avec un sourire hésitant entre la provocation et la nostalgie.

Annette Wenders leva les yeux au ciel.

– Ce n'est pas parce qu'on vient enfin d'obtenir les mêmes droits que les couples hétéro qu'on est obligés de faire les mêmes conneries, répliqua-t-elle d'une voix sans humour.

Puis elle ajouta d'un ton théâtral : « Chérie, notre couple est fini, faisons un enfant ! »

– Je n'ai pas dit que notre couple était fini, précisa Susie.

– Non, tu as dis que tu te sentais dans une sorte de cul-de-sac émotionnel et que tu ne voyais plus où notre histoire pouvait te mener, concéda Annette. « Chérie, notre couple va bien, mais j'ai besoin d'aller voir ailleurs. » Si j'ai bien compris, cette fois.

– J'aurais mieux fait de me taire, murmura Susie en quittant le petit salon douillet pour se rendre dans la cuisine.

Les disputes avec Annette lui donnaient toujours une terrible envie de chocolat.

– Alors, là ! C'est de mieux en mieux ! s'écria Annette. « Chérie, notre histoire est finie, mais je préfère ne pas en parler. »

Susie attrapa la plaque de Bitterschwarz, cassa deux carrés et les fourra ensemble dans sa bouche. Gros soupir de contentement. Ça va déjà mieux.

– Peut-être faudrait-il que je change de boulot, soupira-t-elle en mastiquant la pâte noirâtre.

– Oui, vas-y, fais-le. Fais-toi muter à l'autre bout du pays. Comme ça, on ne se verra qu'un week-end par trimestre et tu auras plein d'occasions de rencontrer des filles beaucoup plus jolies et intelligentes...

– Et plus sexy...

– Que moi.

Elles se regardèrent un instant, ne sachant s'il fallait rire ou pleurer, si on était dans un vrai problème ou juste un jeu pour décompresser. Puis le bippeur de Susie émit son petit carillon joyeux, aussitôt relayé par celui d'Annette.

– Tu vois, fit remarquer Susie d'une voix douce-amère. Même nos bippeurs marchent ensemble. Tu comprends que j'ai besoin d'un peu de distance, d'un espace à moi ?

Bien sûr qu'Annette le comprenait. Sans doute ressentait-elle parfois la même sensation d'étouffement, la même impression de n'être que la moitié d'un tout, mais elle avait peur. Peur que « besoin d'espace » veuille dire « fin d'histoire », que le désir d'avoir un espace à soi traduise une lassitude inopérable envers l'autre.

– C'est l'Usine, observa Annette en scrutant le petit appareil qu'elle portait au poignet, comme une montre.

– Qui veux-tu que ce soit d'autre ?

– Merde, on vient à peine de débaucher ! Ils n'ont personne d'autre sous la main ? On n'est pas les deux seuls flics de la criminelle à Berlin, que je sache !

Susie sortait déjà son communicateur, tapait le numéro de leur chef de brigade au Polizeipräsidium, Platz der Luftbrücke. Soupirait.

– Boris ? Qu'est-ce qu'on a ?

– Une grosse merde, ma poule, affirma le capitaine de l'unité « meurtre » avec un grand sourire figé. Deux morts par balles, l'un des meurtriers présumés réfugié dans les toilettes, les types de la sécurité de l'hôtel l'ont coincé, mais il tient en main un fusil-mitrailleur alors que la soirée d'inauguration devrait commencer dans vingt minutes.

Susie cligna des yeux.

– Excusez-moi, j'ai loupé le début du film. De quoi parlez-vous ?

– Le Berlinale, mon ange. La magie du cinéma descendue en plein envol, ça se passe au Grand Hyatt. Dépêchez-vous, on se retrouve sur place.

Il ne lui demanda pas de prévenir Annette, elle ne dit pas qu'elle le ferait, tous les deux savaient que cela allait de soi. Tant qu'on n'en parle pas, tout va bien. L'homosexualité – surtout l'homosexualité féminine – et la police judiciaire ne font pas bon ménage. La législation avait beau ne plus faire aucune différence – y compris pour l'adoption –, les mentalités mettaient plus de temps à ajuster. Même en 2023, être une fille amoureuse d'une autre fille n'était pas de tout repos.

Encore plus quand l'autre fille, c'était Annette Wenders. Laquelle ne pouvait pas s'empêcher de râler.

– Et moi, non ? Je n'ai pas de coup de fil, moi. Je n'existe même pas. Je ne vois pas pourquoi tu te sens enfermée, Susie, regarde : tu vis et travailles avec un fantôme, une coquille vide, un *doppelgänger* !

– Annette, s'il te plaît.

Susie la rejoignit à la porte, un dernier coup d'œil nostalgique sur le dîner en tête à tête qu'elles s'étaient promis pour « parler de tout ça ».

Les deux filles travaillaient en civil, mais pour des raisons pratiques, leurs vêtements de travail étaient devenus presque un uniforme : pantalon en toile épaisse mélangée avec du Lycra pour assurer à la fois protection et souplesse, ceinture à poches (c'était la mode), pull à col montant et veste en similicaoutchouc, courte et légère, pour dissimuler l'étui d'épaule avec l'arme de service nichée à côté du sein gauche. Il y avait des variations dans les couleurs : Susie restait très sobre : noir, gris, vert kaki ; Annette expérimentait des mélanges étranges comme un pantalon lavande avec un pull moutarde. Le résultat était plus ou moins heureux selon les jours. Un peu à l'image d'Annette elle-même ; parfois elle avait du mal à se concevoir en termes d'ensemble.

Annette conduisait, en règle générale. Elle y trouvait un exutoire à sa colère, punissait le pauvre véhicule de service du fait que le monde n'était ni juste ni beau, hurlait son désaccord par moteur interposé. À peine sortie du garage, elle enclencha le deux-tons et le gyrophare rétractable, et lança la petite Opel Ypsilon dans les rues embouteillées de la capitale. Accélération brutale suivie de freinage sec suivi de jurons. Répétez autant de fois que vous voulez. Ça donnait quelque chose comme : vroom, vrooomm, iiiikkk, putain, regarde où tu vas, connard !

Susie se concentra. D'abord, ne rien dire. Pas la peine d'allumer le feu sous une engueulade type bombe H qui ne ferait que les ridiculiser plus encore aux yeux de leurs collègues masculins et réputés hétéro. Susie savait le vocabulaire employé à leur encontre. Elle avait passé des années à tenter de canaliser son sentiment d'injustice, puis avait décidé qu'elle s'en moquait, que les insultes ne blessaient que leur utilisateur, mais ce n'était pas vrai. Ça faisait mal, même quand on se disait que si on n'était pas une brouteuse on aurait été une suceuse, ce qui n'était pas mieux. Mais au moins une suceuse, ça peut présenter un certain intérêt pour lesdits utilisateurs d'insultes, alors qu'elle... Si la femme fait peur à l'homme, la lesbienne le terrifie. Et, merde, ce n'est pas juste !

Annette déboîta comme une furie pour éviter in extremis de renverser une grand-mère et sa petite-fille qui traversaient gentiment sur un passage piéton, faillit rentrer dans un motocycliste sympathiquement arrêté pour laisser passer ladite grand-mère, rectifia en hurlant : bande d'enculés, apprenez donc à conduire ! – ce qui semblait vaguement hors sujet –, et arracha le rétroviseur latéral d'un camion de livraison garé sur l'espace qui lui était réservé.

Susie poursuivit le silence. Tout ce que vous direz sera retourné, perverti et transformé en psychocalories pour alimenter ma mauvaise foi. Et c'est justement pour ça, Annette, que je t'aime.

Le safari urbain prit fin au grand soulagement du Bouddha du jour en un hurlement de freins/de pneus/de va savoir ce qui hurle dans ces cas-là, devant le Grand Hyatt. Annette gicla de l'habitacle et couvrit l'espace entre la route et l'entrée de l'hôtel en cinq enjambées survoltées, laissant à Susie de soin d'éteindre le moteur et fermer la voiture à clef, on ne sait jamais. Ne pas rajouter au ridicule en se faisant voler la bagnole. Quand même.

Elle suivit à un rythme plus modéré. Annette avait besoin de se défouler certes. Espérons juste qu'elle ne poussera pas la colère jusqu'à se faire tuer.

– Capitaine.

– Lieutenant.

Hochement de tête de part de d'autre. Très mec. Chez les flics, de toute façon, on est tous des mecs. Ou des brouteuses. Arrête, Susie, tu te fais du mal.

– Wenders vient d'entrer dans les toilettes, là où se

trouve le mec à l'arrosoir. Je n'ai pas eu le temps de l'arrêter.

Susie haussa les épaules, espéra qu'elle n'avait pas trop changé de couleur.

– L'intervention d'une femme arrivera peut-être à le déstabiliser, s'entendit-elle dire style, plus pro tu meurs. Qui sont les victimes, capitaine ?

Le capitaine Boris Drodste marqua une petite pause mélodramatique avant d'annoncer :

– Rolf Bauer et sa compagne, Marina Wolfstein.

– Merde ! siffla Susie entre les dents. Vous croyez que c'est politique ?

Boris soupira, souffla, une véritable baleine d'eau sèche.

– Écoutez, lieutenant, Bauer a fait suffisamment de bruit autour de son film pour que ça le soit.

– L'assassiner n'empêchera pas la projection du film, fit observer Susie.

– Non, mais ça fera réfléchir d'autres qui voudraient remettre en cause le bien-fondé de la scission avec les pays signataires du Pacte.

– On va travailler sous une pression maximale, affirma Susie.

– Ouais.

– On n'aura pas intérêt à se planter.

– Non.

– Tout va bien, alors ?

Il tourna la tête, la fixa pendant une fraction de seconde avant de reporter son attention sur la porte des toilettes.

– Pour l'instant, il ne semble pas l'avoir tuée.

Susie ne le remercia pas de lui rappeler que sa coéquipière était en train de risquer sa vie. La nausée qu'elle combattait par de l'hyperventilation le lui disait à chaque instant. Bouddha, mon œil.

– Quel étage ? demanda-t-elle d'une voix ô combien dé-ta-chée.

– Cinquième. Chambre 403.

– Ce n'était pas une voiture, ça ?

Boris haussa les épaules.

– Sans doute.

– J'y vais. Jeter un coup d'œil. Empêcher la maréchaussée de marcher partout et de gâcher les indices.

– De toute façon, on tient le coupable, fit remarquer Drodste.

– À condition qu'il en sorte vivant, rétorqua-t-elle.

Elle montra sa carte à l'agent qui tentait d'interdire l'accès aux ascenseurs, attendit que les portes se referment dans un chuchotement soyeux avant d'appuyer le front contre la glace immaculée. S'il vous plaît, faites qu'il ne lui arrive rien.

Au cinquième, trois policiers officiels et mal à l'aise se tenaient devant la porte 403. À chaque bout du couloir, des curieux, festivaliers, amis, journalistes ou simples clients de hasard, échangeaient des commentaires et hypothèses. Il paraît que. On m'a dit que. J'ai cru voir. Susie avança, sourde devant les timides interpellations, montra sa carte une nouvelle fois.

– Allez-y, lieutenant. La Technique y est déjà.

Merde, elle avait espéré arriver avant.

Quatre personnes. Trois agents de la police scientifique et technique dont un médecin, et l'inspecteur divisionnaire Lübeck. Le grand chef.

– Entrez, Donner.

Merci, c'est ce qu'elle venait de faire, mais Lübeck s'embarrassait rarement de la réalité. À une autre époque, il aurait été archevêque.

– De toute évidence, nous sommes devant une action terroriste de ressortissants du Pacte, poursuivit-il, imperturbable.

Susie chercha en vain un signe pour étayer la théorie, puis croisa le regard exaspéré du médecin légiste et cessa de chercher. La fonction de la version officielle étant de calmer les médias et non pas d'élaborer une théorie vraisemblable à partir d'indices concrets, oui, pourquoi pas des terroristes du Pacte ? Des Turcs, de préférence. Elle ne crut pas bon faire remarquer que dans son nouveau film, Bauer défendait la position du Pacte. Pas la peine. Pour le vrai travail d'enquête, on repasserait plus tard. Décidément, c'était la soirée où Susie avait décidé de se taire.

3

Les toilettes du Grand Hyatt sentaient le parfum d'ambiance à l'orange avec une pointe de cannelle. Exotique. Le type en face l'était moins. Cheveux clairs coupés ras, peau lourde, une couche de gras postadolescent arrondissant la totalité de sa silhouette, des yeux bleus globuleux. *Himmel*, pensa Annette. Ciel dans le sens de paradis. La dernière drogue à la mode à avoir envahi le marché noir d'une Europe qui continuait de traîner les pieds sur la question de la dépénalisation (et ne parlons même pas de légalisation, ô le vilain mot !). Un mélange de produits de synthèse intervenant, comme d'habitude, au niveau des inhibiteurs de capture de la dopamine, effets cliniques constatés : sentiment d'invulnérabilité, vision latérale réduite, insomnie, amoindrissement des sentiments d'angoisse, quelques difficultés à mesurer les distances, une légère monomanie et, parfois, des troubles digestifs. Il était au bon endroit pour les soulager, le petit terroriste du Pacte aux yeux bleus.

Au moment où Annette avait poussé la porte, il avait hurlé :

– Sortez ou je tire !

Ce à quoi Annette avait répondu, en prenant sa voix de maîtresse d'école primaire :

– Ne soyez pas ridicule, ça ne vous avancerait à rien.

Le temps qu'il se remette de sa surprise, elle était à l'intérieur, face aux lavabos et à l'image d'elle-même – les mains en l'air, le regard halluciné et les vêtements hauts en couleur –, renvoyée par une dizaine de miroirs au cadre rococo.

Très bien, ma grande, t'y es. Et maintenant, on fait quoi ?

Face à la dizaine d'Annettes, le type ne pesait pas lourd. Elle avait du mal à les prendre au sérieux, lui et sa mitraillette.

– Qu'est-ce qui a foiré ? demanda-t-elle d'une voix destinée à panser la blessure d'une note de contrôle catastrophique. Pourquoi n'avez-vous pas pris l'ascenseur de service ? Quelle idée de vouloir passer par le hall d'un hôtel pareil, en plein festival, un fusil-mitrailleur à la main !

Pendant un moment, elle crut qu'il allait l'insulter ou carrément lui tirer dessus, puis, brusquement, il sembla se lasser de tout, ne plus avoir envie de lutter.

– On croyait que c'était l'ascenseur de service, maugréa-t-il.

Annette fronça les sourcils.

– Vous croyiez que… quoi ?

Elle s'interrompit pour laisser à son cerveau le temps de poursuivre le chemin logique jusqu'au dépôt.

– Ce n'est pas vous qui avez préparé l'opération ?

Le vocabulaire militaire faisait partie de sa stratégie ; le mettre à l'aise, lui donner l'impression que tu le considères comme un collègue, un égal, le mener à reconnaître lui-même que la seule issue, c'est la capitulation. Stratégie militaire, policière… stratégie de survie.

Le type soupira. Il était vraiment jeune, un adolescent à peine conscient du monde réel. Il secoua la tête et le mouvement libéra une larme.

– Non. Ils avaient tout préparé d'avance. On a reçu l'ordre de mission, le matériel. Il n'y avait plus qu'à l'exécuter, le moment venu.

– Et comment deviez-vous reconnaître le moment ?

Il secoua la tête de nouveau, c'était un tic chez lui.

– Un coup de fil. Ils avaient donné un portable à Wolfgang.

– Wolfgang était avec vous ? Là-haut ?

– Bien sûr.

– Dans l'ascenseur aussi ?

– Il est descendu au premier étage. Pour éviter qu'on nous voie ensemble.

Annette hochait la tête lentement.

– Alors Wolfgang descend, l'ascenseur repart, et vous vous retrouvez, fusil-mitrailleur à la main, dans un hall d'hôtel qui grouille d'agents de sécurité. Vous savez comment on appelle ça ?

Le type secouait vigoureusement la tête.

– Non, ce n'était pas un coup monté. Pas Wolfgang.

– En attendant, c'est vous qui êtes coincé ici avec une centaine de flics dehors qui ne rêvent que de vous abattre, fit-elle remarquer. Vous savez au moins qui vous avez tué ?

– Oui, ce mec du cinéma. Bauer. Et sa nana.

– Pourquoi ?

– Comment ?

– Pourquoi les avoir tués ? C'était juste pour le fric ?

Le jeune homme la fixa comme si elle venait de l'insulter.

– Vous êtes pas bien, non ? Il n'y avait pas de fric. Ce mec est un ennemi du peuple, voilà pourquoi on l'a tué. C'était un fils à papa de la bourgeoisie qui faisait joujou avec une caméra pour se sentir supérieur. Un symbole de la décadence du peuple allemand.

Annette réprima un frisson. Ça n'allait pas être aussi

simple qu'elle l'avait cru. Un mercenaire n'allait pas risquer sa vie dans une lutte perdue d'avance, un activiste politique, si. Ne pas heurter ses susceptibilités extrémistes.

– Mais si vous vous faites massacrer en sortant d'ici, personne ne le saura, argumenta Annette.

– Faux. Le comité publiera une déclaration affirma-t-il.

– Vous croyez ? demanda-t-elle en mesurant la dose d'incrédulité dans sa voix. Vous croyez vraiment que ces gens vont se mettre toute la police du pays à dos par souci pédagogique d'expliquer pourquoi un des leurs a descendu un symbole de la décadence du peuple allemand avant de se tromper d'ascenseur. Vous êtes-vous demandé… c'est comment, votre nom ? j'ai horreur des conversations anonymes.

– Peter.

– Vous êtes-vous demandé, Peter, par quel mystère ce n'était pas le bon ascenseur ?

Peter observa un long silence. Le discours militant avait du mal à trouver sa place, tout d'un coup.

– Moi, honnêtement, ça m'est égal, poursuivit Annette. Mon couple est foutu, ma carrière dans un trou, si vous me descendez, je mourrai en héroïne et ma famille héritera d'une médaille. Mais vous, ils ne vous louperont pas. Tandis que si vous me passez votre sabre laser et que vous tendez gentiment les mains pour me permettre d'y installer des menottes, on pourra poursuivre cette discussion tranquillement au poste. Réfléchissez, Peter. À vous de voir.

Elle se tut. Il y a des moments où le meilleur argument, c'est le silence. Laisser le type en face faire le chemin tout seul, se rendre à l'évidence. Et c'était vrai, le couplet « mourir ici, tout de suite ». Elle n'avait effectivement pas grand-chose à perdre. Susie s'éloignait d'elle, Susie rêvait de choses plus grandes, d'horizons plus vastes. Ce n'était pas tant qu'elle ne l'aimait plus, non, Susie s'ennuyait. Et la police judiciaire l'avait définitivement mise de côté. Une femme flic, c'est déjà pas génial, mais une flic lesbienne, c'est pire que tout. Vas-y, Peter, rends-moi service. Tire.

– Tenez.

Il lui expédia le fusil-mitrailleur d'un mouvement fatigué, le faisant riper sur le sol carrelé des toilettes.

Annette soupira. Eh non, ce n'est pas pour cette fois-ci, ma chérie. Tes problèmes, il va falloir que tu les règles. Comme une grande.

– Mettez-vous debout, murmura-t-elle. Tournez-vous face au mur, écartez les pieds, mains sur la nuque.

Soudain, tout cela lui semblait insupportable. Pourquoi ces mots auxquels personne ne croit ? « Vous avez le droit.» Vous avez le droit d'être la cible de la mauvaise conscience collective, puis d'aller crever en prison où vous aurez le droit d'être méprisé, humilié, agressé, dénigré par des types encore plus bêtes que vous. Et on appellera ça la justice.

Elle lui passa les menottes, luttant contre l'envie de le prendre dans ses bras, de le rassurer. Comme une maman tient un enfant.

Alors là, ma vieille, tu déconnes à pleins tubes. Total délire. Tu veux vraiment faire un enfant ? Pour qu'il finisse comme celui-ci ? Jamais de la vie !

– Vous êtes prêt ? demanda-t-elle.

Hochement de la tête.

– Alors on y va.

Dans le hall, c'était le bordel. Annette eut l'impression de traverser une forêt d'épines avec son pauvre prisonnier qui n'avait voulu que le bien de son pays. Le garçon ressemblait à des tas d'autres adolescents en mal de repères qui voulaient qu'on renforce des lois qu'eux-mêmes avaient du mal à respecter, et cherchaient encore une figure de père infaillible de qui se montrer digne. Peter n'avait aucun intérêt. Ce que voulait Annette, c'était découvrir qui était le commanditaire de ce double meurtre. L'homme à l'origine de la décision d'éliminer deux êtres humains.

Elle se dirigea vers la bétaillère qui attendait devant l'hôtel comme le soliste d'un orchestre jouant une symphonie en bleu ; lumières et sirènes légèrement asynchrones pour ajouter à la confusion générale.

Drodste était nonchalamment appuyé contre les portières arrière. Il s'écarta, ouvrit l'un des battants avec un mouvement chevaleresque. Aucun mot de félicitations – pas le genre de la maison.

– Montez avec lui, je vous rejoins.

Elle monta. S'assit sur le banc à côté de Peter.

– Ne t'inquiète pas, tout se passera bien.

C'était quoi, ce besoin idiot de rassurer le petit garçon qui avait fait des bêtises à l'école ? Instinct maternel frustré ? Ah non, tu ne vas pas remettre ça !

Platz der Luftbrücke, il y avait un comité d'accueil au grand complet ; l'inspecteur divisionnaire Lübeck venu en personne assister aux opérations. Annette conduisit Peter dans une salle d'interrogatoire vide et le laissa en compagnie de deux agents le temps de retrouver Drodste.

– J'aimerais poursuivre l'interrogatoire personnellement, capitaine, annonça-t-elle. Il a commencé à coopérer, à donner des noms. Il me parlera.

– Sans doute, soupira le beau Boris. Mais j'ai Europol sur le dos. Les cow-boys insistent pour récupérer le prisonnier.

– Cinq minutes.

Il hésita. Écartelé entre le désir d'efficacité et celui d'obéir aux ordres. Bon petit soldat, Boris.

– D'accord, mais dépêchez-vous.

Annette retourna dans la salle aux murs vides, douloureusement consciente d'une odeur résiduelle d'eau de Javel. Comme si les personnes qu'ils interviewaient étaient contaminées par le virus du mal. Désinfectez-moi tout ça avant que quelqu'un ne l'attrape.

– On n'a pas beaucoup de temps, expliqua-t-elle à Peter en regardant dans les yeux le jeune homme effrayé. Les gros bras d'Europol veulent mener la barque. Désolée.

Il la fixa avec une soudaine lueur d'intelligence, comme si le réel avait fini par le rattraper.

– Wolfgang Reiser, dit-il d'une voix résignée. Il habite à Friedenau, Kreuznacherstrasse 8. Au troisième étage. C'est lui qui connaît les détails de l'opération. On appartient au même groupe d'action.

– Groupe d'action ? interrogea Annette en fronçant les sourcils.

– Le mouvement est divisé en sections, les sections en groupes. Chaque groupe d'action a un chef, Wolfgang pour le nôtre. Ce chef réfère au chef de section qui, lui, est en liaison avec les commandants de régions qui eux-mêmes rendent compte au président.

– Quel mouvement ?

– Le Mouvement pour l'Allemagne nouvelle.

Annette hocha la tête, mais elle n'avait jamais entendu parler d'une organisation politique de ce nom.

– Et votre chef de section s'appelle comment ?

Peter la gratifia d'un grand sourire serein.

– Je n'en ai pas la moindre idée. Seul le chef de groupe connaît son nom. Sécurité oblige.

– Wolfgang Reiser, donc.

– Oui, c'est ça.

– Cet assassinat était une opération d'ordre politique ?

– Bien sûr.

– Imaginée par qui ?

– Je n'en sais rien. Les décisions stratégiques se prennent en haut. Peut-être le président lui-même.

On frappa à la porte. Annette l'ignora.

– Vous connaissiez Rolf Bauer ? Vous saviez que c'était lui, la cible, ce soir ?

– Pas son nom. On savait que ce serait un ennemi du peuple. Un symbole de la décadence allemande.

– Qui était le commanditaire ? Qui a pris la décision ?

– Je ne sais pas, madame. Wolfie a parlé d'un révolutionnaire, un pharmacien, je crois.

– Un pharmacien révolutionnaire ?

– La pharmacie Beck, ça vous dit quelque chose ?

La porte s'ouvrit. Trois hommes, habillés à l'unique : costume recouvert d'un long pardessus sombre.

– Très bien, lieutenant, vous pouvez disposer, dit l'un des trois avec un sourire gluant.

Traduction : dégage de là.

4

Enrico Metral, assis à l'une des tables de la terrasse du café Angelo, juste en face du palais de justice de Florence, retourna le sourire que lui adressait la jeune avocate en entrant au palais, et frissonna.

C'était la troisième fois.

Trois fois qu'il regardait une femme et que ce regard glissait subitement pour devenir désir. Du désir pour une femme. Du jamais vu. Du jamais ressenti

Après la mort de Leo, Enrico avait cru devenir fou.

Puis Tommy l'avait rappelé ; une nouvelle mission Epicur pour le ramener à la vie. Certes, Leo n'était plus là, mais sa vie à lui, la sienne propre, se poursuivait, et il fallait la vivre. Sans Leo.

L'enquête à Zeebruges lui en avait redonné le goût, l'envie. Pas de tout, mais c'était un début. Envie de manger, de sentir le picotement des épices ou la douceur du chocolat sur sa langue. Envie de cuisiner, de manier ustensiles et ingrédients pour en faire des plats subtiles. Envie de boire du bon vin, non pas pour échapper au réel mais pour l'accentuer.

Mais à présent, cette manière de regarder les femmes remettait tout en cause. Enrico ne comprenait pas. Depuis aussi longtemps qu'il puisse se souvenir, il n'avait jamais désiré une femme. Il était revenu à la vie, mais le voyage de retour s'était effectué au prix d'une modification essentielle. Il n'était plus le même homme. Au secours.

Le sentiment de panique qu'il avait réussi à maîtriser jusqu'à présent se mit à l'envahir : accélération du pouls, sécheresse dans la bouche, vide au fond de l'estomac et une impérieuse envie de courir, s'en aller très loin de ce nouveau lui. Non, pas possible. Même en courant très vite, on n'échappe pas à soi-même.

À qui confie-t-on ce genre de catastrophe totalement intime ? Je crois que je suis homosexuel, c'est déjà dur, mais je crois que je ne suis plus homosexuel, c'est une bombe ! La négation de tout ce qu'il avait mis si longtemps à faire accepter autour de lui. Sa mère serait furieuse.

Rhéa Zauber, collègue *es* Epicur et accessoirement psychiatre. Elle l'avait aidé lors de la mort de Leo, elle l'aiderait sûrement à sortir de ce nouveau cratère.

– Rhéa, c'est Enrico.

– Je sais. Ton numéro s'affiche avant que je décroche.

Il se traita d'idiot.

– Rhéa, il m'arrive un truc horrible. Je... j'ai absolument besoin de te voir.

Elle ne répondit pas. Il l'entendait respirer. Étrange proximité.

– Je peux venir chez toi ? poursuivit-il

L'Anglaise soupira bruyamment.

– Bien sûr que tu peux venir. Quand ?

– Ce soir. Dès que je trouve un vol.

Tout d'un coup, l'impression qu'une bouée de sauvetage venait d'atterrir à côté. Tu reçois une giclée d'éclaboussure gelée dans la figure, mais tu t'y accroches quand même.

– Je viendrai te chercher à l'aéroport. Prends Gatwick, si tu peux, c'est plus près.

Enrico raccrocha et se leva dans le même mouvement. Un sac de voyage, des vêtements de base : jeans, polos, pull-overs. De quoi tenir trois jours. Passeport, carte d'Europol. Pas d'arme. Enrico n'aimait pas porter une arme. Un roman pour dissuader toute tentative de conversation de la part de ses covoyageurs. Un coup de fil à sa secrétaire.

– Claudia, vous annulez tous mes rendez-vous de l'après-midi, je dois partir de toute urgence à Londres. Et si vous me dégotez un vol pour dans une heure, je serai votre débiteur éternel.

– Ça veut dire une prime à la fin du mois ?

– Une prime, le restaurant, une nouvelle robe, tout ce que vous voulez.

Enrico descendit chercher un taxi à la borne en bas de la rue plutôt que d'en appeler un de chez lui. Besoin d'air, de dehors, de réalité. De sentir la terre vibrer sous ses semelles.

*

Rhéa Zauber demeura un moment immobile, le téléphone à la main, le regard flou. Puis elle se ressaisit, composa un autre numéro. Celui de Caleb Blanchot. Rhéa avait du mal à respecter la règle qui stipulait que les membres d'Epicur ne devaient pas se voir en dehors des missions communes.

– Caleb, changement de programme. Tu ne peux pas venir ce week-end.

Silence boudeur à l'autre bout.

– Un ami qui a besoin de parler. Désolée, ce sera pour une autre fois.

– Un ami, répéta Caleb d'une voix lourde. Un simple ami.

Rhéa soupira. La jalousie – réelle ou feinte ? – de Caleb était le seul élément vraiment négatif dans leur relation, mais par moments, il avait tendance à obscurcir tout le reste.

– Non, pas un simple ami, corrigea-t-elle. Un très cher ami.

– Tu as quelqu'un d'autre, c'est ce que tu essaies de me dire ? Zander est revenu ?

Non, Zander n'était pas revenu. L'impétueux chef d'orchestre faisait des tentatives régulières d'annexion de sa personne parce que Karl Zander ne désirait profondément que ce qu'il ne pouvait pas avoir, mais elle s'était à chaque fois métamorphosée en un mur de briques. Caleb, à part quand il devenait jaloux, était plus reposant.

– J'essaie simplement de te dire que nous ne nous verrons pas ce week-end, répondit Rhéa d'une voix très patiente.

– Notre éloignement physique me pose des problèmes, enchaîna-t-il d'un ton boudeur. Je vais postuler à l'université de Londres.

– Non.

– Je suis sûr qu'ils me prendraient.

– Moi aussi, mais c'est non.

– Rhéa, tu n'es pas cohérente, soupira-t-il.

Elle faillit éclater de rire.

– Justement, je suis très cohérente. Je ne veux pas vivre avec toi, je ne veux pas m'installer dans un quotidien à deux, je ne veux pas laver tes chaussettes ni repasser tes chemises, et je souhaite encore moins fonder une famille. Donc, tu ne viens pas à Londres. Voilà. Je te laisse, j'ai du travail.

Elle raccrocha sans lui donner le temps de répondre, se sentant un peu dure mais agacée de devoir ménager les susceptibilités d'un homme comme Caleb. Quand rencontrerait-elle un homme vraiment adulte ? Existait-il sur la Terre un homme vraiment adulte ? Oui, Ugo

Mabian, mais Ugo était passé de l'autre côté, avait trahi Epicur et permis la mort de Pippa Empain. Caleb était une amélioration, comparé aux autres hommes (Zander, au hasard) que Rhéa avait aimés jusqu'alors ; à force d'aspirer à la perfection absolue, elle allait peut-être passer à côté du très bien.

Tant pis.

Enrico rappela trente minutes plus tard.

– J'ai une place. Une annulation de dernière minute. J'atterris dans trois heures.

– J'y serai. Tu me feras la cuisine ce soir, un osso bucco. J'achète la viande.

– Entendu. Mais c'est moi qui apporte le vin. Et, Rhéa…

– Oui.

– Merci d'avance.

– Prego, amico.

Rhéa se leva, jeta un coup d'œil dans le miroir en partant, se demanda si elle n'avait pas très légèrement grossi. Normal, ma grande. Tu bois trop.

5

Annette passa sa colère sur le capitaine Boris Drodste qui se contenta de sourire.

– Ça ne vous fait rien de voir des types en costard qui n'ont jamais arrêté un criminel de leur vie débarquer avec leur belle cravate et leurs chaussures cirées pour nous souffler le prévenu sous le nez ? s'exclama-t-elle. Ça ne vous donne pas un peu le sentiment d'être pris pour un idiot, un domestique tout juste bon à passer la serpillière ? Pour un salaire de merde, qui plus est ?

– Je les ai déjà empêchés d'intervenir à l'hôtel, je les ai fait poireauter ici vingt minutes, il y a des limites à mes capacités de non-coopération non violente, dit-il doucement. Et de quoi vous plaignez-vous ? Il vous a livré le nom et l'adresse de son chef, non ?

– Que les costard-cravate vont s'empresser d'aller arrêter, grommela-t-elle.

– Pour le moment, ils sont tous ici, fit-il remarquer.

Annette eut peur de ne pas comprendre.

– Vous voulez dire que…

– Donner est en route pour Friedenau, affirma-t-il.

Annette ne prit pas la peine de le remercier. Pas non plus le genre de la maison. Elle lui tourna le dos et partit en courant, attrapa un agent au passage : trouvez-moi une voiture. Tout de suite. Trépigna à l'accueil pendant que l'agent cherchait des clefs, nouveau sprint jusqu'au parking, puis une traversée de la ville digne d'un film américain. Annette Willis au volant et sans cascadeurs. La quatre-voies à fond la caisse suivie d'un dédale de petites rues, la voiture rangée à moitié sur le trottoir juste derrière celle de Susie. Qui descendait l'escalier du vieil immeuble, la tête des mauvais jours vissée sur les épaules.

– Trop tard.

Annette s'immobilisa, terrassée par une tension jusque-là ignorée. Envie de pleurer. Ça fait ça, les nerfs, au bout d'un moment.

– Trop tard dans quel sens ? demanda-t-elle.

– Au sens strict : plus de signes vitaux et la moitié de la tête emportée par une balle explosive tirée à partir du pistolet 9 mm que le suspect tient encore à la main.

– Suicide ? interrogea-t-elle, incrédule.

– À première vue, oui. Tu peux monter si tu veux.

Annette passa devant Susie qui se colla contre le mur pour la laisser passer alors que quelques mois auparavant, elle en aurait profité pour la prendre dans ses bras, l'embrasser. Quand la distance s'installe, elle ne peut qu'augmenter, comme s'il y avait un point de tension électro-psychologique entre deux personnes et qui s'appelle couple. Susie et elle étaient redevenues deux individus, la tension n'y était plus. Les larmes rappliquèrent, prêtes à commencer le deuil, brouillant sa vue à l'entrée du petit appartement au troisième étage. La porte de bois, vieille, éraflée et dépositaire de nombreuses couches de couleur et de saleté, était entrouverte sur un vestibule sombre où plusieurs manteaux pendaient d'une patère. Trois portes de même acabit que celle de l'entrée, moins solides néanmoins, partaient du vestibule pour accéder au reste de l'appartement : salle d'eau, cuisine, pièce principale. L'argent n'était pas le motif du crime ; des tueurs professionnels méritaient généralement un meilleur cadre de vie.

Le mobilier était réduit au minimum, vieux et sans goût. Ça sentait la récupération, les objets dont personne ne veut, dont personne n'a jamais voulu, les trucs premier prix qu'on achète en attendant de pouvoir s'offrir mieux, puis qu'on refile aux jeunes qui s'installent. La cuisine était sale, la vaisselle débordait de l'évier, pas très militaire, tout ça, jeune homme ; pas très discipliné.

Elle finit par entrer dans la chambre, l'odeur de mort déjà omniprésente. Le jeune homme en question était assis sur le sol, appuyé contre le lit qui occupait un bon tiers de la pièce, la moitié de sa cervelle servant à décorer dans un esprit pointilliste postimpressionniste les étagères fixées au mur. Au-dessus, une chaîne hi-fi de sous-marque est-européenne, un téléviseur avec lecteur vidéo incorporé, quelques DVD, des films de combat pour l'essentiel, des magazines à tendance politique immédiatement repérable. C'était triste à mourir. Et ce petit minable sans une seule pensée autonome avait assassiné deux des plus créatifs cinéastes de leur époque parce que la médiocrité triomphera toujours du génie, il doit exister une formule pour le démontrer.

Des pas dans l'escalier. Annette se retourna pour voir entrer dans l'appartement l'ex-femme de sa vie.

– Boris arrive, dit Susie d'un ton froidement professionnel. Qu'est-ce que tu en penses ? (Mouvement de tête pour désigner le cadavre.)

Annette haussa les épaules. Qu'est-ce qu'on peut en penser ?

– L'environnement me paraît conforme au peu d'informations que m'a donné Peter, affirma-t-elle lentement. Nos assassins appartiennent à un mouvement politique extrémiste, l'assassinat de Bauer était un geste symbolique, la suppression d'un représentant de la décadence de l'Allemagne actuelle.

– La décadence ? répéta Susie, incrédule.

– C'est ce qu'a dit Peter.

– Peter ?

– Le fusil-mitrailleur des toilettes. Notre unique témoin et potentiel coupable.

– Un peu plus que potentiel, si tu veux mon avis.

– Et que fais-tu de cette belle utopie de la présomption d'innocence ?

Susie étouffa un bâillement.

– Ça fait trop longtemps que je fais ce boulot, je crois. Je suis en train de perdre de vue le fait que les hommes et femmes après qui nous courons sont aussi des êtres humains.

– Tu peux dire ça à Rolf Bauer et Marina Wolfstein, proposa Annette d'une voix tranchante.

– Un humain qui tue n'est pas un animal, affirma Susie d'une voix profondément triste, mais simplement un humain. Allons voir ton Peter.

– Je ne pense pas que ce sera très utile, affirma le capitaine Boris Drodste en pénétrant dans la pièce.

Le géant Viking arborait une expression digne de Thor. Ou du moins de la représentation qu'Annette s'en faisait. La version Bouddha du capitaine de police avait été provisoirement abandonnée au profit d'un front nuageux. Bas.

– J'ai horreur de me faire enculer, vociféra-t-il.

Merci pour la subtilité, on le sait, tu n'aimes pas les homos.

– Encore plus quand il s'agit de deux petits pédés qui se foutent en l'air plutôt que de répondre à la justice.

– On est sûrs comme ça qu'ils n'iront pas en tuer

d'autres, fit observer Susie. Doit-on conclure que le dénommé Peter a suivi le même chemin sanglant que son coéquipier ?

– Chef de section, corrigea Annette.

– Sanglant, peut-être pas, dit Drodste, mais le même chemin, oui. Il a avalé une putain de capsule de Dieu sait quoi. Efficace, le truc. J'en veux bien une pour ma belle-mère.

– Il avait un cachet sur lui ? demanda Annette d'une voix incrédule.

– On ne les vend pas, nous, rétorqua Drodste sèchement.

– Je l'ai fouillé, ce type.

– Un cachet, c'est petit, Wenders.

Annette secoua la tête.

– Non. Cette couleuvre-là, je ne l'avalerai pas. J'ai passé plus d'une heure avec ce garçon. Il n'était pas suicidaire.

– C'était un fanatique d'extrême droite, lui rappela le capitaine.

– C'était un gosse, un môme totalement paumé qui s'était raccroché à une idéologie simpliste pour l'aider à vivre. Cela n'en fait pas automatiquement un candidat pour le canon dans la bouche. S'il avait voulu se tuer, il pouvait le faire avec son fusil-mitrailleur dans les toilettes du Hyatt.

– Où voulez-vous en venir, Wenders ?

Annette se tut. Juste à temps. Sentit la lame de la guillotine passer à côté de sa nuque. On n'accuse pas des officiers supérieurs d'avoir trucidé un suspect, lieutenant. Surtout quand il s'agit d'officiers supérieurs appartenant à Europol et que toi, tu n'es qu'une petite flic nationale de base. Pas si on veut continuer à toucher son salaire. Elle baissa le regard, rassembla ses idées, puis répondit :

– Nulle part, capitaine. Je suis un peu ébranlée par tous ces cadavres, je crois.

Elle risqua un coup d'œil en direction de Susie et lut du soulagement sur les traits de sa coéquipière. Mais peut-être aussi un soupçon de déception. Peut-être Susie aurait-elle aimé la voir aller jusqu'au bout, une sorte de suicide professionnel qui les aurait obligées à bouger. Désolée, Susie, j'aime mon boulot.

– Rentrez chez vous, conseilla Boris doucement alors qu'un bruit éléphantesque dans l'escalier annonçait l'arrivée de la brigade technique. Faites-moi un rapport, ça vous détendra. Deux rapports, ajouta-t-il avec un regard appuyé vers Susie.

Annette quitta la pièce en silence, omit de saluer les techniciens qui montaient, la mine lugubre. Elle avait l'impression d'abriter sous son crâne non seulement Thor mais aussi Odun, Shiva et la moitié des démons de Jérôme Bosch. Quelqu'un avait assassiné les deux suspects. Suspects, mon œil, allons-y franchement, Annette, n'ayons pas peur des mots : Quelqu'un avait assassiné les deux assassins. Quelqu'un ? N'importe qui ? Un rôdeur, peut-être. Bon, on arrête de prendre des précautions, d'accord ? Il s'agit d'une conversation hyperconfidentielle entre toi et toi-même, a priori tu es en droit de montrer un minimum d'honnêteté. On recommence : Europol a assassiné les deux marionnettes.

Ces enfoirés en costard-cravatte de Bruxelles, Strasbourg ou Pétaouchnock ont tué de sang-froid les deux seuls types qui pouvaient expliquer pourquoi il avait fallu éliminer deux respectables cinéastes nationaux et qui leur avait demandé de le faire.

Europol. C'est-à-dire des flics. Des collègues. Des qui, comme elle, avaient prêté serment d'œuvrer pour le respect de la loi dans les limites de la loi, enfin pas exactement en ces termes, mais c'était l'idée générale. Des hommes dont c'est le boulot d'arrêter des tueurs et non pas de devenir tueurs eux-mêmes.

Annette ramena la voiture à l'Usine en prenant le plus de temps possible, s'arrêtant aux feux orange, aux passages piétons, respectant la limite de vitesse. Besoin d'être seule avec elle-même, de réfléchir, d'aller lentement. Quand les règles sont subitement tordues par ceux chargés de les faire respecter, que fait-on ? Quelle est la position humaine à tenir ? On ferme les yeux ? On s'écrase devant l'autorité supérieure ? On tente de discuter ?

Et de quoi veux-tu discuter, pauvre cloche ? Les deux types sont morts !

Alors on passe au-dessus, on monte vers une autorité encore plus supérieure. Et puisqu'il y avait à la fois Europol et l'inspecteur divisionnaire Lübeck dans les murs lors du décès soi-disant volontaire de Peter, on va plus haut encore. Right to the top. Jusqu'à Epicur.

European Police Investigatory Crime Unit Reserve. Les anges de Dieu. Ceux vers qui on se tourne quand tout est perdu.

Arrivée au Polizeipräsidium, elle se sentait légère, tout là-haut, elle aussi. Annette entra dans le bureau qu'elle partageait avec Susie, Hans et Aron, s'installa devant son ordinateur et tapa le code. Six lettres. Et toute sa carrière mise en jeu.

6

Le dojo sentait la colle et le bois neuf. Normal, tout venait juste d'être installé : les murs lambrissés de pin naturel, vernis mat, le plafond tendu, blanc, l'éclairage indirect, modulable, le tatami amovible ; Kurt Hauser avait investi dans ce dojo la totalité du salaire extravagant de ses six premiers mois en tant que salarié d'Epicur. Enfin prêt. Dojo dans lequel il enchaînait kata sur kata depuis plus de deux heures.

Il était cinq heures du matin, mais dans la salle d'arts martiaux, le temps ne voulait rien dire. Le temps, c'est la lumière, témoin de la révolution terrestre, et ici, la lumière ne bougeait que si on tournait le variateur d'intensité lumineuse. Ici, le temps avançait quand Kurt le décidait.

Le jeune homme termina son kata et se tint au milieu du tatami, laissant son corps revenir au monde. Le karaté agissait sur lui comme un hypnotique, il s'entraînait dans un étant de transe.

Kurt se rendit dans la douche qui servait à relier le dojo au reste de son appartement, régla la température de l'eau à celle de son corps et se savonna, l'esprit ailleurs.

Kurt n'allait pas bien. Il avait aimé de loin, n'osant jamais s'approcher de peur que le sentiment ne soit pas réciproque, et la femme aimée était morte. Il ne lui restait de Pippa que des regrets, des occasions manquées. En apprenant sa mort, il avait décidé de rejoindre Epicur, de suivre les pas de celle qui ignorait tout de lui, afin de démasquer son assassin.

Il avait bien rejoint Epicur. Quatre mois d'entraînements intenses, de cours à n'en plus finir, pour faire de lui l'un des agents les plus performants de toute la police européenne. Mais l'assassin de Pippa demeurait introuvable.

Kurt avait accompli une première mission avec l'une des unités d'Epicur. Elle remontait à plus de trois mois, à l'automne 2022. Depuis, il rongeait son frein, le sommeil le fuyait, sa fatigue devenait endémique, et il ne savait plus vers quel dieu se tourner. Il avait cru qu'Epicur serait la réponse à tous ses problèmes, et voilà qu'Epicur non seulement ne réglait rien mais le renvoyait à sa propre impuissance. Double échec. Quelque part en chemin, il s'était trompé, avait pris la mauvaise direction. Et maintenant il aurait aimé pouvoir faire demi-tour.

En s'engageant dans Epicur, on signait un contrat qui ne prévoyait pas les modalités de départ. C'était une porte qui ne fonctionnait que dans un sens. Kurt n'osait pas évoquer le sujet de son éventuelle démission avec le gnome jaune et virtuel qui leur servait de chef d'unité. Tommy aurait répondu qu'il fallait y penser avant.

Il quitta la douche, enfila un peignoir de tissu éponge et se laissa tomber sur son lit.

En fermant les yeux, c'était toujours la même image qui revenait le hanter : le cimetière d'une petite église de Mönchengladbach et le cercueil qu'on faisait lentement descendre dans le trou. Un aller simple, là aussi. Un voyage définitif. Une réaction chimique irréversible.

Peut-être était-ce ce qui le fascinait chez Liese Ruhlsten, ce refus de la physicienne suédoise d'accepter comme acquis la notion de phénomènes irréversibles. Liese croyait – ou faisait semblant de croire pour entretenir sa recherche – que certaines réactions définitives pouvaient en fait être renversées et, du coup, elle permettait à Kurt de rêver.

Revenir dans le passé, retrouver Pippa. Ne plus hésiter.

Son premier cours était à huit heures, les étudiants uniformément endormis, et Kurt avait autant de mal qu'eux à rester concentré. Dans la salle de repos commune aux enseignants et chercheurs en chimie, quelqu'un avait laissé traîner *Der Berliner* dont le titre à la une : Meurtres fascistes, le cinéma allemand en deuil, le frappa comme un coup de poing au plexus solaire. Il entendit, comme un écho dans la tête, la voix de Liese Ruhlsten :

« Écoutez, Kurt, je ne suis pas plus raciste que vous... »

Il ramassa le journal, parcourut l'article. Deux membres du mouvement *Neues Deutschland* avaient abattu de sang-froid le cinéaste allemand d'origine israélienne, Rolf Bauer, et sa jeune compagne, dans leur chambre d'hôtel une demi-heure avant la cérémonie d'ouverture de la soixante-douzième Berlinale, festival international du cinéma. Le réalisateur allemand, dont le dernier long-métrage *Röte Engel* était en compétition et l'un des favoris pour l'Ours d'or, avait récemment critiqué l'attitude de l'Union européenne face à la scission des pays signataires du Pacte islamique et la fermeture bilatérale des frontières. Sa position lui avait valu des attaques à la fois de la droite européenne mais aussi de la part d'Israël qui, on se souviendra...

Et cetera.

Suivait toute une colonne de justifications alors que,

comme le lui avait justement fait remarquer Rhéa Zauber, la psychiatre d'Epicur, on ne se justifie que quand on a mauvaise conscience. L'Europe avait mauvaise conscience. Kurt avait mauvaise conscience par extension. Rolf Bauer avait décidé d'appuyer là où ça fait mal.

Le plus drôle – pour peu qu'on apprécie l'humour noir – était que personne n'avait encore vu le film. Tout n'était que rumeur gonflée à partir d'un dossier de presse et les déclarations du cinéaste. Le type s'était soi-disant fait tuer à cause d'un film pas encore sur les écrans ! Difficile à croire.

De toute façon, Kurt avait du mal à adhérer à la théorie d'un crime politique. Tout d'abord parce que le mouvement *Neues Deutschland* était moribond depuis sa création, et il ne le voyait pas organiser une action de cette envergure même en tant que chant du cygne. Ensuite parce que Bauer n'était pas une cible crédible pour les arrière-petits-enfants d'Adolf. D'accord, il était juif, mais pas un Juif militant, la preuve : il s'attirait les foudres d'Israël à cause de sa défense de la position arabe.

Puis Kurt arriva à la fin de l'article, lut les noms des deux meurtriers, et son esprit fit un bond en arrière.

L'école. C'est souvent là que tout commence. Parce qu'on est jeune, parce qu'on a encore du mal à faire le tour des notions compliquées, parce qu'on a peur de la vie, l'autre est forcément un ennemi. Kurt était à l'école au moment de la fermeture des frontières, quand l'Arabe avait définitivement remplacé le communiste comme représentant du Mal Absolu.

Dans la cour de récréation, il y avait Wolfgang Reiser. Petit, gros et belliqueux. Kurt en avait une peur bleue, alors il l'écoutait quand les autres le fuyaient, fasciné par l'émotion que le garçon faisait naître en lui, et en échange, Wolfgang Reiser ne le frappait pas.

En y repensant, Kurt se demandait si Reiser l'avait jamais touché. En tout cas, il n'en gardait aucun souvenir. Sa seule réputation avait suffi à le terroriser, à le pousser vers des fréquentations à l'opposé de sa vraie nature. Si on peut savoir à huit ans de quelle nature on est.

Je ne suis pas plus raciste que vous.

Berlin, le 30 janvier 1933.

Quatre-vingt-dix ans étaient passés depuis l'arrivée à la chancellerie du führer Adolf Hitler, mais la mémoire de Berlin gardait encore les cicatrices. Les nazis avaient imprimé sur la ville – et sur le monde, mais avant tout sur cette capitale emblématique de l'âme allemande – des images indélébiles. Des actes indélébiles. Cela a vraiment existé. Ces actes ont été perpétrés. Par mes voisins, mes collègues, mes ancêtres, tous faisant partie de l'humanité. Et si l'on reconnaît enfin qu'à l'instar d'un morceau d'hologramme, l'individu porte en lui les mêmes caractéristiques potentielles de l'ensemble, j'ai tout cela aussi en moi. Je porte dans mes gènes le nazisme ; je le porte en tant que Berlinois, en tant qu'Allemand, mais, avant tout, en tant qu'être humain.

– Herr Hauser ? Je crois que vos étudiants attendent devant le laboratoire numéro trois.

Kurt sursauta, consulta sa montre, incrédule. La secrétaire avait raison. Il venait de passer quarante minutes debout, le journal entre les mains, à penser à un garçon qu'il n'avait pas revu depuis quinze ans.

– Je suis désolé, répondit-il avec un sourire nerveux. Je n'ai pas vu l'heure.

La secrétaire hocha la tête, compréhensive ; ces scientifiques, tous les mêmes ! Puis son regard rencontra les gros titres du quotidien, et elle soupira.

– C'est terrible, n'est-ce pas ? Tant de haine.

Kurt quitta la salle de repos sans répondre.

En rentrant chez lui après ses cours, il s'arrêta pour acheter le journal (celui de la salle de repos, entretemps, avait disparu). Le commerçant le lui tendit avec une expression gênée.

– Il paraît qu'ils se sont flingués, dit-il en empochant les trois euros de Kurt.

– C'était un suicide ? s'étonna le chimiste. Je croyais que la police tenait les meurtriers.

– Non, les meurtriers se sont tués, rectifia le commerçant. Enfin, c'est ce qu'ils ont dit à la radio.

Kurt le fixa, ne sachant plus comment réagir. Quand on a connu la personne, quand on a parlé avec lui, grandi à ses côtés, ce genre d'information prend un tout autre poids.

– Merci, dit-il en quittant la boutique.

Merci. Merci de quoi ? De m'avoir vendu le journal ou de m'avoir mis au courant ? Comme si ce type savait que je connaissais Wolfgang. Comme s'il me disait de faire attention. Alors que je ne fais partie d'aucun groupe politique, que je n'adhère pas à ces idées extrémistes !

Pourtant, il fut une époque...

Kurt se jeta presque dans sa voiture, déboîta sans clignotant et faillit provoquer un accident. Concert de Klaxon, quelques insultes vociférées dans l'intimité protectrice de l'habitacle. Il accéléra à fond pour se faire rappeler à l'ordre au prochain feu rouge, son rythme cardiaque bien au-dessus de la normale.

Tu débloques, mon pauvre. Le manque de sommeil te plonge dans un état de paranoïa hallucinatoire. Tu te retrouves en 1933 quand il fallait adhérer ou fuir, mais nous ne sommes plus à l'époque où l'identité nationale passait par la haine du Juif. D'ailleurs, il n'y a plus d'identité nationale. Aujourd'hui, nous sommes tous des Européens... sauf les Arabes. Putain, ça y est, ça recommence. Cela ne s'arrêtera-t-il donc jamais ? L'être humain va-t-il finir par s'autodétruire à force de chercher l'ennemi intérieur ?

Arrivé à son appartement, il fonça dans la salle de bains, ouvrit la boîte de somnifères à laquelle il s'interdisait l'accès depuis plus d'un mois, avala deux cachets, se déshabilla et se roula en position fœtale dans son lit. Allez-vous-en, je ne suis pas l'un d'eux.

Une partie de son cerveau reconnut et identifia les sonneries successives du vidéophone fixe et du communicateur, mais l'appel des benzodiazépines fut de loin le plus fort.

7

– Tu as fait quoi ?

Susie n'en croyait pas ses oreilles. Qu'Annette se prenne pour Superwoman, Catwoman et Dieu tout en même temps n'était pas nouveau, mais jusqu'ici, ses velléités à sauver le monde s'étaient cantonnées à des vociférations devant le téléviseur et des conseils donnés au politiciens entendus à la radio. Elle n'avait jamais envisagé de transformer ses rêves d'un monde meilleur en actes.

– J'ai contacté Epicur, répéta Annette d'une voix étonnée.

Susie secoua la tête. Elle arrivait à peine à le croire.

– Epicur, murmura-t-elle, est une espèce de police politique tentaculaire, encore pire que la CIA sous J. Edgar Hoover, et tu l'as invitée à venir fouiller dans notre vie ?

Cette fois, ce fut l'expression d'Annette qui reflétait une profonde incrédulité.

– Tu n'es pas sérieuse ? Epicur est une unité d'élite qui permet d'élucider les affaires quand les locaux comme nous sont menottés et muselés par la pression politique, affirma-t-elle. Tu as compris la situation à l'envers, Susie.

– Et toi, tu es d'une naïveté à hurler de rire, sauf que je risque de laisser des plumes, moi aussi, dans l'histoire. La prochaine fois, pense aux autres avant de te jeter dans la gueule du loup. Je sors, ajouta-t-elle en se dirigeant vers la porte. Besoin de marcher.

Elle attrapa un blouson et une écharpe, se retint de claquer la porte derrière elle, puis passa du froid intense de l'escalier de l'immeuble au froid insoutenable de la rue. Il devait être minuit, mais Berlin était de tous les temps une ville de la nuit, dans le meilleur et dans le pire, de la nuit de cristal à la folie décadente de la réunification, des sombres machinations de la guerre froide à l'étrange irréalité des années post-Pacte. Berlin-la-vampire ne ressemblait vraiment à elle-même qu'une fois le soleil couché.

Winterfeltstrasse et l'appartement qu'elle partageait avec Annette n'étaient qu'à quelques rues du *Connection* sur Welserstrasse, l'une des plus anciennes boîtes homo encore en activité. Susie s'y dirigea machinalement, ses pas guidés plus par l'habitude que par l'envie de faire la fête. Elle voulait se retrouver dans un endroit familier où on la laisserait boire sa bière tranquille, sans poser de questions.

Elle salua Mike à l'entrée qui lui fit signe de passer sans payer, et s'enfonça dans les souterrains à la recherche d'un coin sombre dans lequel oublier ses malheurs. La boîte était pratiquement vide, la soirée à peine commencée pour les oiseaux de nuit de la capitale. Susie commanda une Berliner Weisse et s'enfonça dans la matière ergonomique d'une banquette en forme de bouche. Chienne de vie.

Arrivée à ce stade de ses réflexions, Susie ne savait plus si le problème était Annette ou le travail puisque les deux étaient si intimement liés. Elle avait surtout une furieuse envie de partir ; se barrer à l'autre bout du monde et soigner les Indonésiens victimes du tourisme sexuel toujours aussi florissant malgré les dizaines de milliers de morts imputables à la maladie du millénaire. Sauf qu'elle était flic et non pas infirmière, et que l'Indonésie, le Cuba moderne, pays islamique non signataire du Pacte, survivait comme elle pouvait, isolée des deux gros blocs idéologiquement et économiquement forts. Tandis que des Occidentaux sûrs de leur bon droit allaient consommer auprès des enfants musulmans ce que le droit et la morale chrétienne réprimaient chez eux. Toute la beauté hypocrite des positions idéologiques en une simple image : homme blanc baise enfant basané. Jésus, mon pote, tes disciples et pigistes n'ont décidément rien compris.

Bref, Susie voyait l'avenir comme une sorte d'entonnoir bouché. Les choix diminuaient avec le temps pour déboucher sur rien. Aujourd'hui. Coincée entre une femme qu'elle aimait mais qui refusait de comprendre, et un travail qu'elle aimait mais qui refusait de progresser. Elle ne pouvait changer l'un sans chambouler l'autre. Elle avait le choix entre poursuivre droit dans le mur de l'insatisfaction profonde, ou tout foutre en l'air en espérant ramasser les bons morceaux par la suite. Prise de risque maximum. Et le principe de Yann (la sociologue mère de la théorie du désaccord) selon lequel une décision d'orientation de vie ne peut se prendre que dans un état de gravité psychique zéro (ou détachée de toute influence affective) n'était pas pour la rassurer. Elle sentait bien qu'elle se détachait progressivement des liens affectifs qui la maintenaient dans sa situation actuelle, qu'elle se préparait à prendre cette fameuse décision. Mais pour aller où ?

– Tu veux un autre verre ? C'est moi qui régale.

Susie leva le regard pour rencontrer celui, noir chocolat, de Sven, un des serveurs du *Connection*.

– T'as l'air d'avoir la tête remplie de boue, poursuivit-il avec un sourire rayonnant.

Susie acquiesça d'un léger mouvement impuissant.

– C'est un peu ça, oui.

– Problèmes de cœur ?

– Problèmes de tout.

– Ah, je vois.

Il s'éloigna en direction du bar, disparut, puis revint une minute à peine plus tard tenant à la main un verre outrageusement sculpté en forme de phallus.

– Tiens, bois ceci.

Susie fixa le verre, puis le visage de Sven.

– Qu'est-ce que c'est ?

– Ne cherche pas à savoir. Bois.

– Non, Sven, t'es gentil, mais je n'ai vraiment pas besoin d'un truc qui me retourne la tête. Au contraire. Un léger euphorisant alcoolique style bière blanche me va parfaitement bien.

– C'est un cocktail de fruits, affirma-t-il avec le même sourire enjoué. Que de la vitamine C.

– Et de l'alcool.

Sven haussa les épaules. Impressionnant, comme geste. Il avait des épaules de maçon, devait passer ses heures libres dans un gymnase à soulever des poids.

– Un tout petit peu. Rien de méchant, je te le promets.

Susie continua de le fixer, profondément sceptique, mais déjà prête à jeter l'éponge. Après tout, la tête à l'envers, pourquoi pas ?

– C'est un remontant, précisa le serveur. Goûte-le au moins.

Susie goûta.

Une gorgée.

Puis une autre.

C'était vachement bon, son truc. À la fois épicé et piquant, comme du jus de citron à la cannelle. Sauf que c'était vert. Sven leva son propre verre, un banal whisky-bière.

– À tes problèmes.
– Merci. À tes amours.
– Sans lesquels la vie serait tellement plus simple, affirma-t-il d'une voix songeuse.
– Ouais. Mais peut-être également un peu… je ne sais pas… monotone ?

Une heure plus tard, sa décision était prise : elle allait quitter la police, donner sa démission, faire une demande de reconversion, monter un dossier d'inaptitude psychiatrique à l'exercice du métier de policier s'il le fallait, mais se sortir de là. Elle avait une licence en droit, ce n'était pas rien. Reprendre ses études avec une bourse de formation, passer une maîtrise, devenir avocate des causes perdues, pourquoi pas. Ou du diable ?

L'appartement était plongé dans le noir, vide de toute vie humaine. Même Moshe le chat était sorti faire un tour sur les toits. Pourquoi est-ce juste au moment où on en a besoin que les gens autour de soi lâchent prise ?

Le cocktail (que Sven appelait son *cock-buster*) lui avait réchauffé à peu près toutes les molécules du corps, et elle éprouvait à présent une furieuse envie de sexe. D'autant plus pénible à vivre que difficile à satisfaire dans l'immédiat.

Un rapide tour de l'appartement confirma son impression première : Annette n'avait pas laissé de mot pour dire où elle allait. Ni à quelle heure elle comptait rentrer. On était dans le je-te-boude, tu-me-boudes, par la barbichette. Et la première de nous deux qui cédera sera une mauviette.

Susie n'était subitement plus fière.

Portable. Numéro d'Annette. Répondeur direct. Merde. La salope l'a débranché.

– Annette, c'est moi, écoute, je suis désolée pour tout à l'heure, ça ne va pas bien dans ma tête en ce moment, mais il y a une chose dont je suis sûre : je t'aime. Je suis à l'appartement et je t'attends.

Bip. Une fois votre message terminé, vous pouvez raccrocher. Merci infiniment.

Nouveau sentiment de frustration avec cette fois une bonne dose de culpabilité en prime. Non, il est vrai, elle n'avait pas pensé à Annette au moment de mettre les voiles et aller respirer l'air du grand large. Et quand on ne pense pas aux autres, tôt ou tard, on paie le prix, c'est ce que ma mère a toujours prétendu, en tout cas. Comme si le seul comportement admissible était le don de soi. Total et permanent. Et merde. Désolée, maman, j'ai encore foiré.

L'action la plus raisonnable aurait été d'aller se coucher, mais le cocktail faisait vibrer les cellules de son cerveau, et elle ne voulait pas manquer le retour d'Annette.

Si elle revient. As-tu envisagé l'idée qu'elle puisse être partie à tout jamais ? Un accident de voiture, se trouver au mauvais endroit au mauvais moment, et voilà. Kaputt. Foutue.

Non. Pas possible. On peut envisager un certain nombre d'issues éventuelles à cette nuit de folie, mais pas celle-là.

Susie se confectionna un bol de chocolat chaud comme le faisait sa mère, avec du vrai chocolat fondu dans le micro-ondes. Comme le faisait les Mayas bien avant sa mère, sauf qu'ils y ajoutaient sans doute moins de sucre, voire pas de sucre du tout. Question absolument primordiale : les Mayas ajoutaient-ils du sucre à leur chocolat ? Puis elle s'installa devant le téléviseur pour attendre, se laissant bercer par la succession d'images sans le son. Au flash spécial, elle remit le commentaire.

La soirée avait été consacrée à la Berlinale, bien sûr,

avec résumé des carrières des différents réalisateurs, acteurs et scénaristes. On interrompait souvent le déroulement du programme pour diffuser des flashes rappelant la tragédie qui venait de frapper le festival avec le brutal assassinat de Rolf Bauer et de sa compagne. Résumé de la carrière de Rolf, évocation de sa probable récompense cette année pour *Röte Engel*, une histoire d'amour entre un garçon côté Pacte et une fille côté Europe. Roméo et Juliette transposés dans la première moitié du vingt et unième siècle avec une remise en question sévère des positions européennes et américaines ayant abouti à la fermeture des frontières des pays islamiques et la création d'un nouveau Berlin appelé Jérusalem.

Bauer aurait vexé les militants pro-Pacte. Les deux extrémistes allemands agissaient sans doute en accord avec le réseau terroriste d'Al Ana. Le Moi. Affirmation d'une identité niée depuis toujours par ceux qui se réclamaient de la bonne religion. La vraie. Trois groupes qui vénèrent un dieu qui est le seul – ils sont tous d'accord là-dessus – ne peuvent-ils pas trouver un terrain d'entente ? On n'est même pas dans le cadre du mon dieu en a une plus grosse que le tien, puisqu'il n'y en a qu'un. Le même. El mismo. Et il faut encore qu'ils se battent !

Susie dut s'endormir un moment, entendit le téléphone de loin, comme de l'appartement à côté. Le numéro qui s'affichait lui était inconnu. Sans doute une cabine. Annette pétrie de remords alcoolisé.

– Oui ?

– Mademoiselle Donner ? Docteur Weiss, hôpital Humboldt-Université à l'appareil. Nous avons reçu aux urgences une certaine Annette Wenders qui nous a donné votre numéro. Enfin, votre numéro était dans son agenda, plus précisément.

Susie attendit. Redoutant le pire, incapable de raccrocher. Incapable même de parler.

– Écoutez, je crois que le mieux serait que vous veniez, dit la voix. Vous demandez le docteur Weiss. Aux urgences.

Susie raccrocha, regarda sa montre. Il était 4 h 47.

8

Kurt savait que les membres de l'unité Epicur ne signalaient pas les affaires douteuses à leur chef et dispatcher plus ou moins virtuel connu sous le nom de Tommy. Il savait que l'alarme devait être déclenchée par un membre des forces de police locales, quelqu'un directement concerné par l'enquête en question. Mais avait-on envisagé le cas de figure où les membres de la police locale ne réagissaient pas, et un membre d'Epicur, si ?

Depuis son réveil (midi trente, les somnifères n'avaient pas eu énormément d'effet), il s'attendait à tout instant à entendre sonner son communicateur. Qui opposait à son intérêt obsessionnel un silence soutenu.

D'ailleurs, pourquoi les membres d'Epicur ne devaient-ils pas être à l'origine d'un signalement ? Au nom de quelle éthique tordue devaient les premiers concernés n'être que des éléments passifs ? C'était ridicule !

Kurt s'installa devant son ordinateur de bureau et tapa le code de six lettres. Comme tout le monde. Le seul autre accès étant un numéro d'urgence à utiliser pendant les missions et, bon, il ne fallait pas non plus exagérer. D'ailleurs, accéder au portail public comme n'importe qui était paradoxalement assez excitant. Il avait l'impression de jouer à un jeu vidéo.

« Vous venez de vous connecter au site Epicur », afficha l'écran. « Identifiez-vous, donnez un bref résumé de la situation, puis déconnectez. »

Il fut étrangement déçu. Il s'était attendu à quelque chose de plus spectaculaire. C'était le même message qui avait accueilli sa première prise de contact un an auparavant. Juste après l'enterrement de Pippa.

« Salut, Tommy, c'est Kurt, tapa-t-il. Je suis à Berlin, et je pense que l'affaire Bauer sent très mauvais. Suffisamment mauvais pour qu'Epicur y jette un coup d'œil, en tout cas. »

Ce n'était pas à proprement parler un résumé, mais Kurt était tellement agacé par le ton léger qu'employait le personnage virtuel qui leur tenait lieu de chef qu'il avait décidé d'en rajouter. Puisque rien de tout cela n'était sérieux, pourquoi employer des termes officiels ? Il relut son message une nouvelle fois, puis cliqua sur envoi et déconnecta.

Maintenant, c'est le boss qui décide. J'aurai fait de mon mieux.

Il n'avait pas fait mention de l'élément personnel. Son enfance partagée avec Wolfgang Reiser serait dévoilée plus tard. Tout bon joueur sait qu'il ne faut jamais abattre tous ses atouts en même temps.

Le vidéophone sonna presque aussitôt.

– Alors, mon garçon, on déborde de son cadre ?

La voix de Tommy était électroniquement parfaite. Un léger accent bavarois, un timbre graveleux de cordes vocales virtuelles rongées par le tabac et le mauvais whisky, tandis que sur l'écran s'affichait l'image d'un être parfaitement irréel : une sorte de gnome hideux à la peau jaune pustuleuse et aux oreilles démesurément pointues. Aujourd'hui, Tommy avait les yeux orange et les lèvres violettes. La trèfle à quatre feuilles qu'il gardait précieusement dans la narine gauche d'un nez long, large et impossiblement bossu était aussi verte qu'un pré des Alpes suisses ; les dents que Kurt apercevaient à peine semblaient noires. L'Allemand regarda l'image se définir, les couleurs s'approfondir, avec une sensation de rêve grotesque. Comment prendre au sérieux un chef d'unité qui se cachait derrière un personnage virtuel aussi laid et stupide ? Qui aurait l'idée de vouloir correspondre à l'image d'un être aussi immonde ? Y avait-il, d'ailleurs, un être humain derrière l'image ? Tommy était-il réel ou rien qu'un logiciel informatique d'un nouvel âge ?

– Je ne déborde pas, répondit Kurt d'une voix très raide. Je fais mon travail.

– Lequel ? demanda Tommy avec une grimace à orner une cathédrale gothique. Ton travail de chimiste ou celui d'enquêteur Europol ?

Kurt le fixa, hésitant quant à l'attitude à adopter. En fait, se rendit-il compte soudain, le problème était qu'il ne savait jamais si Tommy était sérieux ou s'il n'était pas en train de se foutre prodigieusement de sa gueule.

– Celui d'enquêteur, me semble-t-il, dit-il en s'en voulant de répondre.

– Ah !

Le gnome haussa un sourcil mauve et broussailleux.

– Enquêteur, répéta-t-il d'une voix dubitative.

Kurt attendit la réplique de Tommy de la même manière qu'un prévenu dont l'avocat aurait mieux fait de se casser une jambe attendait la sentence qui ne pouvait être que lourde. Le gnome jaune se cura la narine droite.

– Donc, d'après toi, poursuivit-il en étudiant l'ongle de l'index qu'il venait de retirer de son nez, un travail d'enquêteur commence par la sélection de ce sur quoi il souhaite mener son enquête, tout comme un chercheur décide de son sujet de recherche.

Kurt sentit le piège se refermer. Trop tard. Les dents de la mâchoire d'acier lui broyaient déjà la cheville.

– Oui, répondit-il en se disant qu'au point où il en était, autant être pendu pour le bœuf que pour l'œuf. Allons-y jusqu'au bout.

– Et le principe d'incertitude ? interrogea Tommy en montrant toute une rangée de dents effectivement parfaitement noires.

– Quoi ?

– Heisenberg, précisa le gnome.

Kurt hocha la tête.

– Je sais qui a inventé le principe d'incertitude, affirma-t-il d'un ton pincé. Mais je ne vois pas le rapport ici.

– Ah bon ?

– Non.

– Le rapport, mon cher Kurt, est que bien souvent le chercheur trouve ce qu'il cherche justement parce que c'est ce qu'il cherche.

– Oui, comme le flic.

– Non. Justement. Le flic ne cherche pas, il enquête.

Kurt eut soudain l'impression de ne plus parler la même langue que la voix virtuelle du gnome jaune.

– Et enquête n'est pas synonyme de recherche ? demanda-t-il froidement.

– Pas du tout. Sinon on dirait un enquêteur scientifique ou un chercheur de police, répondit Tommy avec une certaine justesse.

– Donc, tu refuses ma proposition ?

Le gnome baissa les yeux, fronça les sourcils, se gratta la touffe de cheveux verts qui lui ornaient le front.

– Non. Mais pas pour les raisons que tu crois.

Le chimiste secoua la tête.

– Désolé, je ne comprends pas.

Tommy soupira, et Kurt eut le sentiment que le gnome devait sentir mauvais de la bouche. On n'avait pas encore trouvé le moyen de numériser les odeurs et de créer le vidéophone qui pue.

– Je ne refuse pas ta demande d'enquêter, énonça le gnome lentement en séparant chaque syllabe. Cependant, ce ne sont pas les raisons que tu crois qui me poussent à ne pas la refuser.

– Pourquoi est-ce que j'ai toujours l'impression de me trouver au bord d'une migraine quand je discute avec toi ?

Le gnome sourit.

– Sans doute la profondeur vertigineuse de mon esprit incroyablement perspicace comparée à ton cortex de merde, proposa-t-il.

– Et quelles sont ces raisons que je crois ? demanda Kurt avec le sentiment d'avoir commis une grande inélégance sémantique.

– La justice, déclara Tommy.

– Et la raison réelle ?

– La coïncidence.

– C'est-à-dire ?

Le gnome soupira de nouveau en projetant un nuage vide d'odeur sur la face intérieure de l'écran.

– Cela veut dire que l'enquête était déjà sur l'agenda depuis une vingtaine de secondes à la réception de ton message.

Kurt fixa l'écran avec l'inconfortable impression que leur chef virtuel était de nouveau en train de se payer sa tête.

– Elle s'appelle Annette Wenders, poursuivitTommy. Lieutenant de police de la Bundespolizei, je te laisse prendre contact avec elle. Et je t'envoie le reste du dossier. En dehors de tes souvenirs de banc d'école, tu auras sans doute besoin de quelques informations brutes pour démarrer une enquête digne de ce nom et éviter de retomber dans des conclusions préconçues.

La mâchoire inférieure de Kurt ne s'arrêta de tomber qu'en rencontrant ses genoux. Comment le savait-il ? Ne te pose même pas la question. Tu ne veux pas le savoir.

– C'est toi qui prends la tête des opérations, poursuivit Tommy avec un large sourire noir et probablement chargé d'ironie. Toi qui joues au chef cette fois. Un rôle en retrait serait mieux, vu les implications personnelles.

– Les quoi ? demanda Kurt d'une voix raide.

– La proximité d'un ami d'enfance ainsi qu'un passé idéologiquement proche des raisons avancées pour justifier le massacre.

Kurt se tut. Longtemps.

– Ça fait combien de temps que tu es au courant ? demanda-t-il en devinant déjà la réponse.

Le gnome le gratifia d'un regard torve.

– J'ai une tête à travailler avec n'importe qui ? interrogea-t-il.

– D'accord, mais je veux dire…

– Un ex-skinhead parmi les meilleurs flics d'Europe, ça ne se fait pas ? suggéra Tommy avec un haussement de sourcils plutôt attendri. J'ai la faiblesse de croire que les gens peuvent évoluer, mon petit Kurt. Et la largesse d'esprit d'admettre que d'autres que moi se trompent parfois.

– Vous pensez que je me suis trompé ?

– Pas vous ?

Attention, re-piège.

– Je n'en sais rien.

Comment savoir, d'ailleurs, si on s'est trompé dans une opinion politique ? C'est comme pour la guerre : c'est le vainqueur qui a raison. Question de survie. Et comment reconstruire à partir d'une erreur ? Au contraire, il faut avoir eu raison dans le passé pour se permettre d'envisager l'avenir.

– Si tu avais raison, cela voudrait dire qu'un être humain n'a de valeur qu'en fonction de son patrimoine génétique, dit le gnome avec un regard soudain très dur. Si tu as raison, la notion de responsabilité individuelle n'a plus cours puisque seuls comptent ceux dont tu es issu. Tu ne dois ta place dans la société qu'à tes géniteurs. Tu es, pour résumer, un produit.

– Je ne crois pas que ce soit vraiment le moment de débattre des différentes idéologies politiques de la société contemporaine, dit Kurt d'un ton bourru.

Le gnome le fixa de ses yeux orange et hépatiques. Mon Dieu que je déteste ce masque grotesque !

– Tu as raison, concéda Tommy. D'ailleurs, ce n'est probablement jamais le moment de débattre de l'idéologie politique d'un sympathisant fasciste, poursuivit-il. Les idées fascistes elle-mêmes n'étant pas issues du souci politique d'un bien-être collectif mais de la névrose d'un individu qui, à la rencontre d'autres névroses individuelles, a formé un bloc. Le fascisme n'est pas une idéologie, mais simplement la peur de l'autre. Tu me dois un compte-rendu quotidien, ajouta-t-il avant de couper la communication.

Kurt appela aussitôt le numéro d'Annette Wenders. Ne pas réagir à la provocation de Tommy, ne pas réfléchir à cette notion de névrose, surtout pas ; se noyer aussitôt dans l'action.

On décrocha presque immédiatement, une jeune femme brune, cheveux courts, regard bleu.

– Lieutenant Wenders ?

– Non, je... suis une amie...

– Pouvez-vous me passer le lieutenant, s'il vous plaît ?

– C'est à dire que... Vous êtes qui ?

Kurt ignora la question.

– Où se trouve le lieutenant Wenders ?

– À l'hôpital. Je suis à ses côtés.

– Quel hôpital ?

– Humboldt-Université.

– Montrez-moi le lieutenant Wenders, s'il vous plaît.

– Vous êtes qui, vous ? répéta la jeune femme d'une voix lasse.

– La philosophie grecque vous intéresse ?

Il la vit inspirer d'un coup. Oui, visiblement, elle savait très bien de quoi il parlait. Le communicateur quitta son visage tendu pour aller trouver celui d'une jeune femme rousse aux yeux verts, et ce fut au tour de Kurt de s'étouffer. Pippa. C'était Pippa. Une Pippa légèrement plus jeune, un peu plus ronde, mais Pippa quand même.

– Kurt Hauser, Epicur, murmura-t-il enfin. Ne bougez pas, j'arrive.

9

Liese Ruhlsten quitta son laboratoire, marcha jusqu'au bureau, referma la porte à clef et s'y adossa pour renforcer l'efficacité de la serrure. Vous n'entrerez pas.

Vous qui ?

Vous tous, tout le monde. L'univers. Et le reste.

Liese n'est pas femme à pleurer pour un rien, cependant les larmes se mirent à couler toute seules, emportant une partie de ses déceptions et frustrations, mais une partie seulement. La réalité ne change pas parce qu'on pleure, ce n'est qu'un réflexe physiologique destiné à relâcher la tension psychologique. Une soupape de plus. Un gilet de sauvetage qui permet de rester à flot le temps que l'équipe des gardes-côtes arrive. Un moyen de survie.

Sa dernière expérience était un échec.

Celle-ci ainsi que celles qui l'avaient précédée.

Alors qu'elle s'était crue à la veille d'une révolution scientifique qui allait renvoyer Planck et Curie aux oubliettes, elle se trouvait en face d'une montagne d'échecs. Le super-synchroton construit dans la banlieue d'Oslo par une collaboration européenne avait certes permis de reproduire avec encore plus de précision des expériences du siècle précédent en projetant dans l'anneau d'accélération des noyaux atomiques qui allaient atteindre des vitesses proches de celle de la lumière. Seulement, c'était encore ça le problème : les vitesses restaient proches. Pas égales, encore moins supérieures à. Et Liese était de plus en plus convaincue que la réponse à la problématique de la décontamination radioactive résidait dans le dépassement de la vitesse de la lumière quand, par un phénomène centrifuge, les atomes radioactifs perdraient leurs électrons en surnombre. Seulement, la vitesse de la lumière, tel le pompon du manège de son enfance, demeurait juste hors d'atteinte.

Il y avait de toute évidence un élément qu'ils n'avaient pas compris, et pour Liese, cet élément ne pouvait être que le facteur temps. Sauf que, comme le sait tout physicien qui se respecte, le temps en soi n'existe pas, ce n'est que la conscience que nous en avons qui nous a poussés un jour à le mesurer, et depuis, c'est le bordel. L'irréversibilité d'une réaction chimique n'est qu'une question de temps. Ôtez le facteur temps de l'équation et la solution d'eau sucrée redevient eau et sucre séparés en un clin d'œil. La modification de la structure d'une molécule n'est jamais absolue sans le facteur temps. Le temps est mesuré sur Terre en fonction des mouvements planétaires et devient, de ce fait, mouvement. Mais un mouvement unidirectionnel ; le train qui va de Paris à Moscou, l'atome dans le super-synchroton qui va dans un seul sens pour atteindre la vitesse maximale. Parce que la vitesse n'est mesurable qu'à partir du moment où elle comporte une direction…

Liese tourne en rond.

Il y a forcément un élément qu'elle n'a pas compris. Ça doit pouvoir marcher. La vitesse de la lumière, la réversibilité des réactions chimiques, le grand nettoyage de printemps de la planète. Tout cela doit être possible.

Liese passa une main rêche et fatiguée dans ses cheveux noirs, soudain submergée par la conviction qu'elle était sérieusement à côté de la plaque. Elle travaillait à partir d'une conviction, d'une croyance, même pas d'une réalité mathématique ou virtuelle. Elle était dans le rôle de la jeune bergère qui, après avoir entendu des voix dans une grotte, partait sauver la France.

On frappa à la porte. Trois petits coups timides que Liese ignora. Allez-vous-en, je boude. Les coups reprirent, légèrement plus forts.

– Liese, c'est Olaf. Il y a quelqu'un au téléphone pour toi, un certain Kurt Hauser.

Coup d'œil à l'appareil téléphonique muet posé sur son bureau. Elle l'avait éteint en arrivant ce matin, dirigé tous les appels vers sa boîte vocale. Envie de parler à personne.

– Il dit que c'est extrêmement urgent, ajouta Olaf face à son silence. Ce sont les mots qu'il a utilisés. Extremely urgent. En anglais.

Et merde. Code Epicur. Le European Police Investigatory Crime Unit Reserve avait besoin de ses services. Juste maintenant.

Liese inspira longuement, pesa très rapidement le pour et le contre, puis expira. Non, tout compte fait, une mission Epicur était exactement ce qu'il lui fallait.

– Je rebranche le téléphone, Olaf, dit-elle à travers la porte toujours fermée. Tu peux me le passer.

Elle entendit le pas de son assistant s'éloigner et sourit. Heureusement que ce monde pourri, individualiste et égocentrique, produisait aussi des Olaf.

La sonnerie carillonna quelques secondes plus tard, et elle décrocha le combiné pour voir s'afficher sur l'écran à cristaux liquides le visage plastique de Kurt Hauser. Ce jeune homme lui faisait invariablement penser à un robot, à une machine perfectionnée issue d'un film de science-fiction, mais pas à un être humain. Un maillon dans la chaîne de l'intelligence artificielle, l'aboutissement du rêve d'immortalité d'un informaticien fou. Kurt Hauser n'est pas pour de vrai.

– Quelle destination, cette fois ? demanda-t-elle avec un sourire mutin. Puisque c'est toi qui appelles, je suppose que mes rêves de soleil et de plages de sable fin peuvent retourner au placard ?

Kurt ne sourit pas. Dans son souvenir, Kurt ne souriait jamais.

– En effet, dit-il. Le théâtre des opérations est concentré à Berlin. Berlin-Mitte. Centre-ville et festival du cinéma, l'assassinat de Rolf Bauer semble cacher autre chose.

– Un coup de l'extrême droite, non ? demanda-t-elle en le fixant dans les yeux. Bleus. Lebensborn bleu.

– C'est ce que nous devons établir, répondit-il.

*

Annette Wenders regarda les deux visages, un de chaque côté du lit, l'un, connu, aimé ? Susie, toujours là quand on en a besoin, sera-t-il possible de vivre sans elle ? L'autre, inconnu, traits dessinés, menton carré, yeux bleus comme le ciel au-dessus du Rhin, les cheveux blonds comme le raisin, et qui la fixe comme s'ils se connaissaient depuis toujours. Entre les deux : elle. Une douleur lancinante derrière les yeux, l'impression d'être passée dans les entrailles d'une moissonneuse-batteuse, et aucune idée concernant la raison de sa présence dans cet hôpital.

– Que s'est-il passé ? demanda-t-elle.

Échange de regards parmi ses deux vis-à-vis.

– C'est ce que nous aimerions savoir, dit l'homme.

Annette le regarda de nouveau. Non, rien à faire, elle

ne le reconnaissait pas. Quitte à passer pour une folle, il valait mieux le dire tout de suite. D'autant plus qu'elle reconnaissait Susie. Tout n'est pas perdu.

– Je suis désolée…, commença-t-elle.

– Mais vous ne savez pas qui je suis, compléta l'inconnu. Rassurez-vous, c'est normal. Colonel Kurt Hauser, Epicur.

Annette fronça les sourcils. Epicur. Le nom lui disait quelque chose. Celui de l'homme, rien du tout.

– Je ne vois…

– Toujours pas ? Vous avez envoyé une demande d'intervention à Epicur hier en milieu de soirée. La réaction, comme souvent, prend un peu de temps, mais me voici.

Annette ferma les yeux pour lutter contre une soudaine envie de pleurer. Elle ne comprenait rien. Les mots, si, pris individuellement, mais l'idée de fond ne voulait strictement rien dire.

— Les médecins pensent que tu as reçu un coup sur la tête, intervint Susie. Mais ils ne sont sûrs de rien. Les pompiers ont été appelés par des éboueurs qui t'ont trouvée au petit matin près d'une poubelle dans le Tiergarten. C'est tout ce que nous savons.

Annette leva une main pour se frotter les yeux. Si seulement elle avait moins mal, elle arriverait à réfléchir.

– Que s'est-il passé hier ? demanda-t-elle en regardant Susie. Les grandes lignes.

– Oh, tu sais, les trucs habituels, répondit Susie aussitôt. Un réalisateur de films assassiné, tu réussis à désarmer son assassin dans les toilettes de l'hôtel, l'assassin donne des noms, on retrouve le complice suicidé, puis l'assassin suit le mouvement. Une journée normale, quoi.

Un flash inattendu : un jeune homme debout, dos à

une rangée de glaces qui lui renvoient son image à elle : la peau blanche, les yeux verts. Un visage de vampire à la Coppola. Elle avait aimé cet instant.

– Je me souviens, dit-elle lentement. Enfin, je vois sa tête.

– Vous nous avez envoyé un rapport complet, intervint l'homme. Vous voulez que je vous en donne une copie ?

Annette secoua la tête, une vingtaine de mines antipersonnel explosèrent dans son cerveau.

– Non. Pas maintenant. J'ai surtout envie de dormir.

– Les médecins préfèrent pas, dit Susie avec un sourire ironique. Je crois que c'est la seule raison pour laquelle ils nous ont laissés entrer : pour te tenir éveillée. Ils ont encore des trucs à mesurer avant que tu puisses te sentir hors de danger.

– Hors de danger de quoi ? demanda Annette, puis le regretta. Des morceaux étaient en train de se remettre en place dans sa tête. Des images. Des liens chronologiques. Des effets issus d'un certain nombre de causes. Des corps, du sang.

– Tu es rentrée à la maison peu avant minuit en disant que tu venais de contacter Epicur, dit Susie d'une voix très douce. Je suis allée boire un coup au *Connection*, je suis rentrée vers une heure trente, tu étais partie.

Les photos des cadavres de Rolf Bauer et de Marina Wolfstein ; le cadavre en vrai de Wolfgang Reiser ; ces morts qui vous regardent avec un mélange de stupéfaction et de colère ; le morts en veulent aux vivants, elle en est persuadée.

– Je n'ai aucun souvenir d'être sortie, dit-elle lentement. Mais je n'ai aucun souvenir d'être rentrée non plus.

– Vous vous souvenez de quoi, exactement ? demanda

le type d'une voix tellement sucrée qu'elle se tourna vers lui en s'attendant presque à le voir baver.

– J'ai des images, répondit Annette. Des images isolées sans aucun lien direct entre elles.

L'homme jeta un coup d'œil à sa montre, puis demanda :

– Vous avez déjà été hypnotisée ?

Annette écarquilla les yeux.

– Vous croyez qu'on m'a hypnotisée ?

– Non, dit-il d'une voix hésitante. Non, je ne pensais pas à cela. Plutôt à l'idée de vous permettre de retrouver vos souvenirs grâce à l'hypnose. Excusez-moi de vous poser cette question, mais vous ne seriez pas de la famille de Pippa Empain.

– Qui ?

– C'était une chimiste, répondit-il visiblement déçu de sa réponse.

– Non, je ne crois pas.

Il continua de la fixer.

– Vous lui ressemblez beaucoup, affirma-t-il pour finir.

Annette lança à Susie un regard au secours, sortez-moi de là.

– C'est l'éternelle histoire des sosies, intervint Susie d'un ton léger. Les lois du hasard font que parfois deux personnes parfaitement étrangères se ressemblent plus que des frères et sœurs. Vous savez pratiquer l'hypnose, colonel ?

– Non, dit le super-flic lentement en donnant l'impression de revenir de loin. Mais il y a un membre de l'équipe qui fait ça très bien. Vous seriez d'accord ?

Annette haussa les épaules. Pourquoi pas ?

10

Inès Devriès contempla l'enveloppe de papier blanc estampillée à l'en-tête de l'université des Sciences pures de la ville de Rome. Et, tel l'enfant debout devant le sapin de Noël, le paquet-cadeau dans ses mains, elle n'osa pas l'ouvrir. De peur d'être déçue. Le rôle du cadeau est de représenter sous sa couche de papier bariolé tout ce qu'on ne possède pas. Le rêve.

L'université de Rome allait la décevoir, soit en répondant négativement à sa candidature, soit en lui proposant un poste qu'elle n'allait pas pouvoir accepter.

Ce n'était pas le fait de devoir déménager – Inès ne revenait généralement à son appartement que pour dormir. Parfois, mais rarement, elle y mangeait; des plats cuisinés qu'elle réchauffait au micro-ondes. Sa cuisine ne contenait même pas de casseroles. Non, un déménagement ne poserait aucun problème.

Le problème, c'était bel et bien sa liberté.

Malgré son aspect dénudé, Inès aimait cet appartement. C'était la première fois qu'elle vivait seule; la première fois de sa vie qu'elle avait la liberté de décider qu'elle ne voulait pas de meubles dans le salon et de pouvoir mener son désir au bout. L'appartement dépouillé était l'antithèse de la petite maison familiale où elle avait grandi entourée d'objets plus inutiles les uns que les autres; le contraire de la décoration lourde de moquettes, tapis, fauteuils drapés et rideaux superposés qu'affectionnait Pedro Morivani, le prix Nobel de mathématiques avec qui elle avait vécu depuis l'année de sa licence en mathématiques. Chez elle, Inès ne voulait rien. Minimum vital. Pari gagné.

Mais en allant à Rome – à supposer que l'université veuille d'elle – Inès perdait cette liberté. Certes, Giancarlo Canaletti n'était ni ses parents ni Pedro, mais quand même. Inès n'avait plus envie de négocier.

Inès tourna l'enveloppe dans ses mains comme si le rectangle de papier pouvait lui fournir une réponse.

Qu'est-ce que tu souhaites, au fond de ton cœur ? lui aurait demandé la psychiatre Rhéa Zauber.

Réponse : Je n'en sais strictement rien.

Si, travailler. Repousser les limites de l'informatique encore plus loin, miniaturiser le matériel dur, optimiser les logiciels, complexifier les possibilités du binaire jusqu'à créer une réelle intelligence non pas au service des hommes mais complémentaire à celle des hommes ; la dernière étape de l'évolution selon Darwin : l'homme artificiel et immortel. Abolir la mortalité grâce aux mathématiques. Résoudre les dernières énigmes de la vie sur Terre et la projeter ailleurs. L'espace. L'infini.

Inès sourit, se moquant d'elle-même. En gros, elle voulait être Dieu. Le Maître de l'Univers. Que seule compte sa volonté ; plier la planète sous sa férule, ne serais-tu pas en train de devenir un brin mégalomane, ma chérie ?

Bon, alors, je l'ouvre ou je ne l'ouvre pas ? Elle posa l'enveloppe sur la table de la cuisine, mit de l'eau à chauffer pour un cappuccino instantané et alla se démaquiller.

*

Caleb Blanchot n'était pas jaloux. Vouloir posséder ce qui appartenait à l'autre ou en vouloir à l'autre pour ce qu'on ne possédait pas ? Caleb possédait déjà tout ce qu'il voulait. Rhéa le comblait. Il était heureux avec elle comme il n'avait jamais été heureux avec personne.

Sauf quand elle décommandait un week-end commun pour passer ce temps avec quelqu'un d'autre, tout ami en détresse qu'il fût.

Souvent, Caleb rêvait, tout seul dans son coin, aux possibles arrangements matériels qui permettraient un rapprochement plus régulier. Rhéa ne voulait pas vivre à Bruxelles, ni qu'il s'installe à Londres, mais qu'est-ce qui empêchait l'aménagement d'un petit appartement à mi-chemin entre les deux où ils pourraient se retrouver chaque semaine ? Il est vrai que mi-chemin entre les deux capitales tombait en plein milieu de la Manche. Un bateau, alors ? Un sous-marin ?

Le bruit d'une sonnerie l'arracha à ses songes utopiques, le précipita vers son bureau. Il décrocha le combiné et vit apparaître sur l'écran du vidéophone non pas le visage doux et racé de Rhéa Zauber, mais celui, jaune et boutonneux, de Tommy.

Caleb soupira.

– Sympa, comme accueil, maugréa le gnome, le trèfle vert dans sa narine gauche agité d'un frémissement indigné. Dis tout de suite que je suis moche.

– Tu es très moche, dit Caleb.

– Merci. Je te reconnais bien, là. Réaction typique d'enfant gâté à l'orgueil démesuré qui n'a pas encore compris qu'il n'est pas le centre du monde et qui regonfle désespérément son ego en tentant de détruire celui des autres. J'en prends acte.

Caleb sourit. C'était étrange, mais le gnome sans doute virtuel était l'un des seuls êtres à pouvoir lui remonter le moral en moins de trente secondes. La vie ne semblait jamais très grave vue à travers le regard sans doute artificiel de Tommy. La sans doute virtualité du gnome surdoué aidait Caleb à supporter le poids de son propre réel. Paradoxal, mon cher économètre. Ou alors complémentaire.

– Je suis ravi de te voir, Tommy affirma-t-il. Tu as l'air aussi jaune et maladif que d'ordinaire. Es-tu sûr que les dents noires soient vraiment une bonne idée ? On a l'impression que tu viens de manger du charbon.

– Vingt sur vingt. C'est le comble du mauvais goût, rétorqua le chef d'Epicur avec un sourire épanoui. La preuve que je passe ma vie au charbon. Je le bouffe, même, leur foutu charbon.

– La réglisse provoque le même effet, affirma Caleb.

– Tu veux bosser ?

– C'est pour cela que tu me paies, non ?

– Comment se porte l'Anglaise aux fesses parfaites ?

– Parfaitement bien.

– Tant mieux. Il ne faudrait pas qu'elle s'ennuie, la pauvre chérie.

– Qu'est-ce que tu veux dire ?

Soudain, Caleb eut l'impression que le gnome improbable essayait de lui dire quelque chose. Il fronça les sourcils, essayant de décrypter les paroles apparemment anodines. Tommy haussait les épaules.

– Un esprit aussi brillant que le sien a besoin d'exercice, de temps à autre.

– Parce que tu crois que je ne suis pas à la hauteur ? demanda Caleb d'une voix tendue.

– Personne n'est à la hauteur de Rhéa Zauber, affirma Tommy avec un accent étrange.

– T'es jaloux ? demanda Caleb, parfaitement incrédule.

– De toi ? rétorqua le gnome avec une méchanceté

inhabituelle. Tu es ma chose, rappelle-toi. Je suis celui qui t'a évité de croupir en prison avec une condamnation de vingt ans ferme pour espionnage sur le dos.

– Je n'avais pas le choix, murmura Caleb. Tu sais très bien que je n'agissais pas de gaieté de cœur.

– Non. Mais moi, j'avais le choix, affirma Tommy. Ne l'oublie pas.

Caleb inspira profondément, le temps de reprendre ses esprits. La conversation avait pris une tournure irréelle.

– Qu'est-ce que tu essaies de me dire au juste ? demanda-t-il doucement. De laisser tomber Rhéa ?

Pendant un moment, le gnome sembla déstabilisé.

– Tu le ferais ?

– Tu ne me laisserais peut-être pas le choix.

Tommy le fixa pendant ce qui semblait une éternité, puis il secoua la tête.

– Non, ce n'est pas ça. Ce que j'essaie maladroitement de te faire comprendre, c'est que je ne voudrais pas voir Rhéa souffrir.

– Moi non plus, acquiesça Caleb.

11

Enrico ne dormait pas. La longue conversation avec Rhéa avait mis en ruine toute la belle construction de ses certitudes ; il avait l'impression d'errer dans une ville ravagée par les bombardements. Plus rien ne tenait debout. Même les fondations de la grande histoire d'amour avec Leo vacillaient puis implosaient, Leo devenant le miroir de lui-même, un reflet valorisant et décalé, le moyen de sortir de la masse anonyme.

Soudain, le personnage qu'il s'était construit au long des années d'études puis de pratique professionnelle en tant que magistrat spécialisé en droit européen lui paraissait une vaste imposture. Un jeu de rôle. Le vrai Enrico avait été enveloppé de papier kraft et rangé dans un placard pour laisser place à un clone, un être factice, tout en apparence et faux-semblants. Leo avait été non pas un compagnon, un complément, mais un reflet ; lui-même tel qu'il se plaisait à se voir : jeune, beau et doué. L'alter ego dans toute son horrible splendeur ; quelque chose dont il s'était servi afin de briller plus fort encore. Le pire ennemi de chacun est irrémédiablement lui-même.

Par la fenêtre, la pleine lune illuminait un ciel dégagé et, plus proche de lui, les branches d'un marronnier. Il faisait doux, même en Angleterre, l'hiver s'était concentré en trois semaines au mois de janvier, et depuis flottait dans une sorte d'entre-deux indéterminé. On aurait pu se trouver en automne, voire en décembre. Ou alors c'était Enrico lui-même qui avait rejoint le liquide amniotique et ne ressentait plus la morsure de la vie.

Il pensa à Leo à l'époque de sa gloire, à la quasi-perfection de son corps d'athlète, à la douceur de ses traits, mais l'image mentale du danseur ne parvenait plus à stimuler ni son imagination ni son sexe. Érection zéro. Je suis vraiment malade.

Peut-être lui fallait-il simplement des vacances, un changement d'environnement complet ; l'Alaska, le Groenland, du jamais vu de sa vie, une *terra incognita* sur laquelle renaître. Pas tout de suite, trop de gros dossiers en cours, mais il pourrait sans doute se libérer pendant une semaine à Pâques. Se donner un but pour conjurer le sentiment de vertige montant. Parfois, ça aide. Ça l'aida, en tout cas, à trouver le sommeil.

Il fut réveillé en sursaut par quelqu'un qui frappait à la porte.

– Enrico, lève-toi, je viens d'avoir un appel de Tommy.

Il ouvrit les yeux sur Rhéa, enveloppée dans un peignoir de soie grise, les cheveux en désordre, le regard embrumé, plus belle que jamais.

– Quoi ?

– Tommy, répéta-t-elle avec un sourire empathique. Tu sais, le chef. Celui qui signe l'ordre de virement à la fin du mois. Qui, de temps en temps, nous demande un peu de travail en échange. Eh bien, voilà. Du travail.

– Il le fait exprès ? demanda Enrico.

Elle continua de le fixer sans comprendre.

– Chaque fois qu'on se retrouve toi et moi hors Epicur, Tommy nous propose du taf, expliqua-t-il.

– Je ne crois pas qu'il y ait un réel lien de cause à effet, le rassura-t-elle. Mais peut-être une intervention de la déesse Synchronicité.

– On va où ?

– Normalement, tu devrais avoir toutes les informations sur ton communicateur, dit Rhéa. S'il était branché, tu aurais même eu l'incomparable plaisir d'une discussion matinale avec le lubrique gnome lui-même.

– La lubricité de Tommy avant le petit déjeuner est une chose à laquelle j'ai beaucoup de mal à me faire, avoua-t-il.

– Je mets le café en route, promit Rhéa. À moins que tu préfères du thé ? Il est sept heures du matin.

– Non, non, le café, c'est parfait, répondit-il avant de se rappeler où il se trouvait.

Trop tard, Rhéa était déjà partie. Il ne restait qu'à espérer que, tout anglaise qu'elle fût, la psychiatre sache préparer un vrai café.

Enrico se leva, alluma son communicateur, consulta les messages. Il y avait effectivement une vidéo de Tommy. Le gnome jaune affublé d'un chapeau tyrolien arborait un sourire épanoui et une dentition noire.

« Surprise ! Tu croyais qu'on t'avait oublié ? Rappelle-nous vite, on se fait une bouffe ! »

Rien de compromettant ; le gnome était non seulement très laid mais aussi parfaitement parano. Enfin, étant donné la défection d'Ugo Mabian et la mort de Pippa Empain, tous deux anciens membres d'Epicur, il avait peut-être raison de l'être.

Enrico se rendit dans la salle de bains attenante à la chambre d'amis, se doucha rapidement, revêtit un jean, un tee-shirt et un pull léger, puis rappela son chef d'unité. Une odeur de café commençait à se répandre jusqu'à la chambre.

– Tu as l'air d'un homme qui a besoin de vacances, dit Tommy aussitôt. Je te dispense de me faire remarquer de quoi j'ai l'air, je le sais.

– J'adore le chapeau, affirma Enrico.

– N'est-ce pas ? C'est pour faire couleur locale. J'avais essayé un ours, mais c'est plus difficile à faire tenir.

– Un ours ? Berlin ?

– Bravo. Je vois qu'on connaît ses emblèmes. Remarque, ç'aurait pu être les Pyrénées.

– Je n'imagine pas quel type de crime atroce pourrait motiver l'intervention d'Epicur dans ces contrées montagneuses et frontalières, murmura Enrico. Il n'y a plus rien là-bas. À part les ours.

– Tu serais surpris ! répondit le gnome énigmatiquement. Mais pour l'instant, c'est bien Berlin. Festival. Cinéma.

– Cinéma ?

– Allume les informations au lieu de reluquer le décolleté de la belle Anglaise. Rolf Bauer assassiné. Notre petit Kurt est déjà sur les dents. Vous partez dans trois heures. D'après mes informations, le café de Rhéa est dégueulasse, mais tu en boiras un meilleur à Berlin.

12

Avec la Berlinale qui battait son plein, trouver une chambre d'hôtel en ville ressemblait à un jeu de loto pervers où quelle que soit la combinaison de chiffres cochés, la machine répondait : perdu. Kurt regretta d'avoir proposé à Tommy de s'en occuper ; il aurait mieux fait de laisser les tâches fastidieuses au super-logiciel fouineur. Ça l'aurait occupé. Tant pis, Kurt n'était pas homme à admettre un échec. Il tenta sa chance auprès des nombreuses pensions de famille, avec bien plus de succès. Des adresses concentrées dans le même quartier ; une propriétaire lui proposa un appartement autonome avec trois chambres individuelles. Parfait. Il en ferait le centre des opérations tout en continuant de dormir chez lui.

Pour le repas des retrouvailles, une adresse sembla s'imposer. Epikur. Cuisine grecque. Il y retint une table pour six, envoya les adresses des pensions sur le communicateur de chacun, puis commença à éplucher le dossier de police fourni par Annette Wenders en attendant que tous les oisillons rejoignent leur nouveau nid.

Au milieu de sa lecture, Kurt se surprit à fredonner la musique d'un tube de l'été précédent. Il était heureux. Profondément heureux. Non seulement il dirigeait une enquête Epicur, mais c'était une enquête qu'il avait choisie et qui lui avait permis de retrouver Pippa. Une nouvelle Pippa pour un nouveau départ dans la vie. Cela ne pouvait pas être un simple hasard.

À midi pile, il prit le U-Bahn jusqu'à Berlinerstrasse et remonta la Prinzregenterstrasse à pied pour s'arrêter devant le numéro cinquante-trois. Le restaurant Epikur, tenu par des Grecs, comme son nom l'indiquait.

Liese Ruhlsten arriva la première, en taxi, vêtue d'un ensemble de laine grise sous un manteau de cachemire blanc, chapeau et gants assortis. Petite, brune aux yeux bleu glace, elle semblait sortir tout droit d'un jeu vidéo mettant en scène des dieux vikings, pas tout à fait réel. Et son intelligence brillante continuait d'impressionner Kurt qui collectionnait ses publications comme un fan de groupe de rock achète tous les disques de ses idoles. Mais quelque chose avait changé. Il avait changé. Liese Ruhlsten n'était plus un objet de désir depuis qu'il avait rencontré Annette.

Il se leva, lui serra la main, prit son manteau.

– La tradition aurait voulu que je vous accueille avec un Curry-Wurst, avoua-t-il. Mais il fait encore un peu froid pour manger debout dans la rue.

– Il pleut, surtout, fit remarquer la Suédoise avec un sourire tendu.

– Et le ketchup sur un manteau blanc ne pardonne pas, poursuivit-il.

– D'autant plus que je trouve personnellement la philosophie grecque bien moins indigeste que sa collègue allemande, ajouta Liese en prenant place au bout de la table.

– Elle a le mérite d'être plus ancienne, concéda Kurt pour éviter de rentrer dans le débat. (Pourquoi cette réaction épidermique chaque fois qu'on remettait en question la valeur de choses allemandes ?) Comment vont vos recherches ?

– Nulle part, affirma la physicienne d'une voix

amère. À l'image du super-synchroton, je tourne en rond.

Kurt la regarda avec plus d'attention. Elle avait l'air fatigué.

– Cette mission tombe à point, poursuivit-elle avec un sourire. J'ai besoin de me changer les idées en compagnie de gens intelligents qui ne vont pas me gaver de quarks et de gluons à tous les repas. Qui sait, je parviendrai peut-être même à comprendre où je me suis trompée. Avec ton aide.

Kurt sentit un frisson lui remonter le long du dos, mais ce n'était pas un frisson de plaisir. Liese n'était quand même pas en train de le draguer ?

Il fut sauvé de l'embarras par l'arrivée d'Inès Devriès, toujours aussi mince, toujours aussi diaphane, de plus en plus éthérée. Cette fille donnait l'impression qu'elle savait se rendre invisible. Mais l'Espagnole, malgré son apparence fragile, comptait parmi les plus grands informaticiens de la planète. Élève du prix Nobel, Pedro Morivani, elle avait dépassé son maître ; un tout nouveau logiciel de gestion municipale venait d'être mis sur le marché et faisait des merveilles grâce à l'invention d'Inès. Elle avait su lier la rigueur mathématique à une profonde humanité et créer une nouvelle génération d'outils qui intégraient à leurs fonctions économiques la subtilité du facteur humain. On n'était plus très loin de la réalisation du rêve de tant d'écrivains de science-fiction : la machine sensible.

– Tu es magnifique, la complimenta Liese tandis que l'Espagnole se débarrassait de son manteau pour révéler un pantalon vert bronze coupé dans un tissu à la fois fluide et lourd, et un pull tricoté main dont certaines parties ressemblaient à de la mousse des forêts profondes.

Inès sourit.

– Toi aussi. Comment se comporte la marche arrière du plutonium.

– Ça coince, avoua Liese avec une grimace amère. Je crois que j'ai bousillé la boîte de vitesses.

– Tu vas y arriver, j'en suis convaincue.

La Suédoise soupira.

– J'aimerais avoir ta confiance.

– Et Kurt ? demanda l'Espagnole en posant son regard noir et velouté sur lui. Je ne me souviens plus sur quoi tu travailles.

– Des zéolithes synthétiques, répondit-il. Des matériaux macroporeux destinés à la construction, dans lesquels on remplace des éléments neutres par des éléments aimantés, optiques, ignifuges ou calorigènes. On travaille à obtenir des murs intelligents, si vous préférez.

– Pour que les murs aient non seulement des oreilles mais également des yeux ? suggéra Liese d'un ton un peu raide.

Kurt haussa les épaules.

– Avec les possibilités d'écoute dont on dispose déjà, c'est pratiquement le cas.

Liese hocha la tête.

– C'est vrai, j'avais oublié que tu es le roi de l'indiscrétion.

Kurt ne sut s'il devait se sentir flatté ou non, mais le ton supérieur employé par Liese acheva de l'irriter.

– À partir du moment où des gens se livrent à des activités illégales, je ne vois pas pourquoi je devrais respecter leur intimité, affirma-t-il.

La Suédoise hocha la tête.

– Le problème, c'est qu'au moment de commencer une écoute, on ne sait pas si les gens se livrent à des activités illégales ou non. On travaille sur la base d'une présomption de culpabilité et non pas sur celle de l'innocence préconisée par la loi. Ce n'est pas de cette manière qu'on contribue à créer une société adulte.

– Tiens, voilà Caleb ! s'écria Inès en se levant pour aller à la rencontre du Belge.

Caleb Blanchot était grand et brun, la peau légèrement mate, les yeux verts, svelte et souple. Et Kurt n'arrivait toujours pas à se sentir à l'aise en sa présence. Il ne parvenait pas à dépasser le fait que Caleb était né derrière le rideau de sable, dans un pays du Pacte islamique, et que de ce fait, il représentait une menace pour la démocratie européenne. Kurt avait entendu le même discours répété tant de fois à la télévision ou à la radio, l'avait lu dans les livres d'histoire à l'école : le Pacte représentait une menace, c'est la raison pour laquelle le continent africain et une partie de l'Asie étaient désormais zone interdite. Berceau de terroristes. Caleb était issu de la culture menaçante, il parlait l'arabe, pourquoi ne serait-il pas comme tous ses semblables, un ennemi ? Pippa l'avait soupçonné dès leur première rencontre. Et si Pippa avait eu raison ?

Caleb, conscient de sa réticence à l'accepter au même titre que les autres membres d'Epicur, ne tenta pas de venir lui serrer la main, mais le salua de loin et s'assit près d'Inès, de l'autre côté de la table.

Rhéa et Enrico arrivèrent presque aussitôt, prirent les deux places libres, puis regardèrent Kurt.

– C'est toi le chef, sourit l'Anglaise.

Kurt s'éclaircit la gorge.

– Vous avez tous reçu le rapport d'Annette Wenders, mais en résumé : jeudi dernier, deux hommes se faisant passer pour des journalistes obtiennent l'accès à la chambre d'hôtel où Rolf Bauer, le cinéaste, et sa compagne, Marina Wolfstein, attendent la cérémonie d'ouverture du festival du film. Les deux hommes abattent Bauer et Wolfstein à l'aide d'un fusil-mitrailleur puis s'enfuient vers un ascenseur qui dépose Peter Knass en plein milieu du hall. L'autre homme, Wolfgang Reiser, réussit à s'échapper ; Knass est coincé par la sécurité de l'hôtel dans les toilettes pour dames. Annette Wenders de la PJ de Berlin arrive, parle avec Knass et le persuade de se rendre. Elle l'embarque au commissariat central où il donne les nom et adresse de son complice. Là-dessus arrive Europol – aucun nom d'officier pour le moment – qui demande à Wenders de laisser les vrais pros faire le travail avec Knass. Elle se retire pour aller assister à l'arrestation de Reiser qui, à son arrivée, semble s'être tiré une balle dans la tête. Le temps qu'elle rentre au commissariat central, Knass s'est également suicidé. Wenders trouve la coïncidence un peu dure à avaler et nous contacte avant de rentrer chez elle. L'amie avec qui elle partage un appartement sort boire un verre. Quand elle rentre, Wenders n'est plus là. Elle réapparaît à quatre heures du matin, au Tiergarten, ramassée par les éboueurs et ne se souvient de rien. Légère alcoolémie, rien d'autre dans le sang. Voilà où nous en sommes.

Il marqua une pause avant de regarder Rhéa.

– J'ai pensé à une séance d'hypnose pour savoir ce qui est arrivé au lieutenant Wenders, dit-il.

L'Anglaise haussa les épaules.

– On peut toujours essayer. Elle est où ?

– À l'hôpital. Ils l'ont gardée en observation.

– C'est loin ?

– Juste à côté. On y va après le déjeuner, si tu veux.

– Je suis peut-être un peu obtuse, intervint Liese Ruhlsten en contemplant la nappe, mais je ne comprends pas où est le problème. Les coupables ont été arrêtés, non ? Pris en flagrant délit, aveux complets et tout. Qu'est-ce qu'on veut de plus ?

– Une raison, dit Kurt lentement. Un mobile, un

vrai, pas un prétexte à la noix de lutte contre la décadence d'un cinéaste certes engagé mais pas franchement révolutionnaire. Et puis, ajouta-t-il au bout d'un court silence, je connaissais Wolfgang Reiser. Ce n'était ni un terroriste ni un suicidaire.

Liese leva les yeux au plafond.

– Tu connaissais l'un des tueurs ? Mais je rêve ! Tu le connaissais, et tu mènes une enquête dans le but évident de le disculper ! Cette unité devient de plus en plus n'importe quoi !

Pendant un instant, il crut qu'elle allait se lever et partir. Il se prépara même à lui retenir le bras, mais elle ne bougea pas, se contenta de regarder tout le monde à la recherche d'un soutien.

– C'est vrai ? demanda Enrico, l'expression tendue.

– J'ai contacté Tommy pour lui en parler en même temps qu'Annette Wenders lui envoyait sa demande d'intervention d'Epicur, répondit Kurt.

– Et qu'est-ce qui a motivé la demande du lieutenant Wenders ? demanda Liese, plus doucement.

– Elle a passé près de vingt minutes dans les toilettes de l'hôtel avec Knass, a réussi à le persuader de se rendre, l'a accompagné au commissariat, a de nouveau passé du temps avec lui, obtenu le nom de Reiser, son adresse. Elle affirma que Knass n'était pas suicidaire, pas désespéré, et ne connaissait pas non plus les vrais commanditaires de l'assassinat. Juste le nom de son « supérieur direct ». L'assassinat n'était pas leur idée, ils ne faisaient qu'exécuter des ordres. Par contre, il semblait évident à Wenders qu'on avait tendu un piège aux deux assassins. L'ascenseur était censé amener Knass dans les cuisines.

Kurt s'interrompit, inspira à fond, puis reprit.

– Le problème tel que le voyait Annette Wenders, et tel que je le vois moi-même, est que l'extrême droite n'avait aucune raison de vouloir tuer Bauer, surtout pas en provoquant un tel massacre autour. Sa compagne morte, les deux assassins morts, tout ça pour un cinéaste qui ne dérangeait, à vrai dire, personne.

– Vous pensez que les suicides sont faux ? interrogea Enrico.

– Annette Wenders le pense, répondit-il. Moi, je n'en sais rien. Mais j'aimerais bien connaître les noms des officiers Europol qui étaient sur place jeudi soir.

13

Rhéa entra dans la chambre d'hôpital, puis s'arrêta, interloquée. La jeune femme assise dans le lit, dos appuyé contre les oreillers, devait être la sœur jumelle de Pippa. Elle se ressaisit et avança jusqu'au lit. Kurt l'imita avec un léger temps de retard.

– Les recherches de toxiques dans votre sang sont toutes revenues négatives, expliqua Rhéa en la regardant de plus près. Cela ne veut pas dire qu'il n'y en avait pas, juste qu'on n'a pas su quoi rechercher. Rien qui vienne à l'esprit de manière évidente, en tout cas.

La flic berlinoise était plus jeune que Pippa, mais elle lui ressemblait de manière étonnante. Les mêmes cheveux blond-roux lui tombaient sur les épaules, le même regard vert évoquait une forêt de sapins sous le soleil.

Les yeux d'Annette Wenders étaient légèrement plus rapprochés que ceux de Pippa, son nez plus mince, sa bouche plus fournie et son visage globalement plus long que celui de la chimiste disparue. Mais une ressemblance revient souvent à juste une première impression ; une image globale et forcément floue.

Pippa était morte.

– Je ne me souviens de rien entre, disons, huit heures du soir et mon réveil ici, le lendemain dans la matinée, dit la jeune femme lentement. Petit à petit, des scènes du début de la soirée de jeudi me reviennent ; le jeune assassin dans les toilettes de l'hôtel, le retour au commissariat, la conversation avec le capitaine…

– Capitaine Drodste, c'est ça ? demanda Kurt.

Annette hocha la tête pour confirmer, mais son regard ne quitta pas celui de Rhéa.

– Et ensuite ? demanda l'Anglaise.

– Je suis partie à l'appartement de Reiser. Knass venait de m'en donner l'adresse.

– Combien de temps ? coupa Rhéa. Entre le moment où il vous l'a donnée et le moment où vous êtes arrivée ?

– Cinq, dix minutes. Pas plus d'un quart d'heure.

– C'est trop rapide pour que ce soit de l'improvisation, murmura Rhéa. Ils attendaient que Knass donne les informations pour intervenir. Prétendre que l'arrivée de la voiture des flics avait poussé le terroriste au suicide. Mais ils savaient déjà où aller.

– C'est qui, « ils » ? demanda l'Allemande.

Rhéa haussa les épaules.

– À votre avis ?

– Ça ne peut être que des flics, répondit Annette. Europol. Ils étaient là.

– Qui ? interrogea Kurt.

Le lieutenant de la PJ berlinoise haussa les épaules.

– Je ne sais pas. Des types en costume-cravate, les cheveux courts. Personne n'a pensé à nous présenter.

– On va les retrouver, acquiesça Kurt. Mais même si vous avez raison, ces hommes n'auront fait qu'obéir aux ordres.

– En tuant des prévenus ? s'écria Annette. Je veux bien que les méthodes policières se soient durcies ces derniers temps, mais pas à ce point !

– Nous nous sommes demandé si une séance d'hypnose ne serait pas utile pour obtenir d'autres renseignements, intervint Rhéa doucement. Le cerveau conserve une quantité étonnante d'informations en stock, dont il ne restitue qu'une infime partie en souvenirs conscients. Sous hypnose, on aura accès à ce qui vous est arrivé entre minuit et quatre heures du matin.

Annette inspira longuement.

– Vous allez enregistrer ce que je dirai ?

Rhéa ne cacha pas sa surprise.

– Pas forcément, répondit-elle. Pas si vous ne le souhaitez pas.

– Qui sera là ? demanda Annette sur le même ton de méfiance.

– Moi, répondit Rhéa. À la limite, le colonel Hauser.

– C'est tout ?

Rhéa la fixa pendant quelques secondes, puis soupira.

– Si vous nous disiez ce qui vous ennuie ? proposa-t-elle.

– Je ne sais pas ce qui s'est passé pendant environ huit heures de ma vie, affirma l'Allemande lentement. Pourtant, j'étais consciente. J'ai fait des choses. D'après vous, j'ai envoyé une demande d'enquête à Epicur. D'après Susie, je suis rentrée lui en parler, on s'est disputées, elle est partie prendre l'air. Je n'ai aucune raison de ne pas vous croire, mais en même temps, je sais que ce que vous avancez peut ne pas être vrai.

Kurt poussa un soupir bruyant, leva les yeux au plafond. Rhéa le fusilla du regard.

– Vous avez raison, dit-elle à Annette. On peut envisager l'hypothèse que vous avez été manipulée par votre amie qui tient absolument à savoir ce que vous avez sur le cœur ou qui vous soupçonne à son tour de la manipuler ; les interprétations d'une situation comme celle-ci sont nombreuses. Pour ma part (nouveau regard noir à Kurt qui continuait de trépigner), je ne vous hypnotiserai pas sans votre accord.

Annette la fixa, incrédule.

– Vous pourriez le faire ?

– Oui. Il y a des techniques pour dépasser le refus du sujet.

– Arrête, Rhéa, murmura Kurt. On n'est pas là pour une psychothérapie de groupe.

Elle ne répondit pas. Kurt, une fois de plus, n'avait rien compris. Il était sans doute très compétent en tant que chimiste, en tant qu'enquêteur de choses non vivantes, mais dès qu'il s'agissait d'intégrer le facteur humain, Kurt tapait systématiquement à côté de la plaque.

– Nous ne savons, malheureusement, que peu de chose encore concernant le fonctionnement du cerveau humain, poursuivit-elle à l'intention d'Annette Wenders. Nous ne savons pas pourquoi vous n'avez aucun souvenir de la nuit de jeudi, ni comment ou pourquoi ces souvenirs ont été effacés.

– Vous voulez dire que c'est peut-être moi qui ne veux pas me souvenir ? suggéra Annette.

– C'est une possibilité, oui.

L'Allemande fronça les sourcils.

– Pourquoi je ferais ça ?

– Pour des raisons obscures, vous avez pu, dans ce laps de temps, commettre un acte qui va à l'encontre de votre manière de voir la vie. Certains criminels qui ne conservent aucun souvenir de leur crime, et même confrontés à des preuves irréfutables, continuent de croire qu'il s'agit d'un complot.

– Alors j'ai pu faire quelque chose de terrible ? suggéra Annette d'une voix timide.

*

– Je suis l'avocat de la famille de Peter Knass, affirma Enrico en prenant un ton ennuyé face au policier qui venait de lui demander la raison de sa visite. Et voici mon client qui est aussi le beau-frère de Peter Knass.

Le flic les regarda l'un après l'autre, lui puis Caleb, d'un air méfiant.

– Vous avez une autorisation ? demanda-t-il timidement.

– Vous plaisantez ? répondit Enrico. Une autorisation pour permettre à mon client d'entrer chez le frère de sa femme. Cet appartement ne peut en aucun cas être juridiquement considéré comme un lieu de crime. Vous pouvez nous fouiller avant de nous y laisser entrer, ou à la sortie, mais c'est tout. D'autant plus qu'il n'y aura bientôt plus d'enquête, faute de coupables à juger.

– Je peux voir votre carte professionnelle, s'il vous plaît, demanda l'officier de police, nullement démonté.

En sentant la caméra miniature faire très légèrement vibrer ses lunettes, Enrico lui tendit un rectangle de plastique infalsifiable où sa photo jouxtait ses nom et prénom : Heine Metrallen. Tommy était imbattable quand il s'agissait d'obtenir des vrai-faux documents avec très peu de délai, et aucun officier d'Epicur n'enquêtait jamais sous son vrai nom. Enrico n'osait même pas imaginer le réseau de collaborateurs qu'entretenait le nain jaune.

Le flic passa la carte de l'Italien devant la cellule optique de son communicateur professionnel qui, apparemment, ne trouva rien à redire, puis la lui rendit et se tourna vers Caleb.

– Vos papiers d'identité, s'il vous plaît.

Caleb obtempéra. L'efficacité de Tommy les mettait à l'abri de toute angoisse concernant les identités d'emprunt qu'ils étaient amenés à utiliser lors d'une mission. Tommy aurait vérifié le nom de la sœur de Knass, celui de son mari, son métier (électricien), mais y aurait collé le signalement et la photo de Caleb. Seule une enquête approfondie mettrait en lumière la disparité entre les deux visages, mais l'officier devant l'appartement de Knass n'avait ni les moyens ni le motif de pousser les vérifications plus loin.

– Allez-y, leur dit-il en ouvrant la porte. Vous ne serez pas seuls.

Trois hommes tournèrent la tête en les voyant entrer. Trois hommes habillés de complets sombres et occupés à fouiller respectivement la bibliothèque (l'étagère supportant livres et revues), les papiers personnels (sous forme de cartons et chemises à élastiques) et la collection de CD et de DVD du défunt.

– Heine Metrallen, avocat de la famille, affirma Enrico sans tendre la main, mais en tournant bien la tête pour permettre à la minuscule caméra d'enregistrer les visages. Vous êtes qui, messieurs ?

– Europol, affirma l'homme qui s'intéressait aux livres.

– Europol, répéta Enrico en haussant un sourcil. Europol, c'est grand.

– Unité de lutte contre le terrorisme international et mondial, répondit l'homme avec un sourire froid. ULTIM.

– Peter n'était pas un terroriste, intervint Caleb d'un ton buté. C'était un gosse un peu paumé que certains ont utilisé pour faire leur sale boulot.

Son allemand était parfait. Il avait même adopté un accent berlinois pour jouer le rôle de l'électricien local.

L'homme de la bibliothèque braqua sur lui un regard dur. Les deux autres reprirent leur activité.

– Vous êtes ? demanda le flic.

– Population civile, répondit Caleb en soutenant son regard.

– Je vois. Eh bien, sachez, monsieur Population

civile, que lorsqu'un individu armé abat un individu non armé au nom d'une idéologie politique ou religieuse, nous appelons cela du terrorisme.

– Et Brutus ? demanda Caleb.

Le policier allemand fronça les sourcils, visiblement perdu.

– César, expliqua le Belge. Abattu par Brutus. Ce n'était certainement pas du terrorisme.

Le flic regarda Enrico, une lueur d'appel dans les yeux. Avec un avocat, il avait l'espoir de parler le même langage.

– Y a-t-il eu une revendication quelconque ? demanda l'Italien dans un allemand aussi parfait quoique moins accentué que celui de Caleb.

Europol secoua la tête.

– Vous devez savoir que je ne peux pas vous communiquer ce genre d'information.

– Mon client a l'intention de porter plainte, affirma Enrico. Pour brutalités policière ayant entraîné la mort de son beau-frère. Vous feriez mieux de coopérer.

– Normalement, c'est moi qui sors cette phrase-là, répondit l'Allemand avec un sourire confiant. Croyez-moi, maître, je voudrais bien vous aider, mais il y a des règles. Le secret de l'instruction. Tout ce que je peux vous dire (cette fois en regardant Caleb), c'est que la police berlinoise n'avait aucune raison de vouloir du mal à votre beau-frère. Au contraire.

Il leva les mains dans un geste d'impuissance.

– Ce garçon défendait les mêmes idées que beaucoup d'entre nous, d'après ce que je vois ici. Je suis d'accord avec vous, ce n'était pas un terroriste, seulement il a tué deux personnes pour des raisons sans doute obscures et a reconnu les faits en prétextant un mobile politique.

– Il ne s'est pas suicidé, dit Caleb. Peter ne se serait jamais suicidé.

L'Allemand haussa les épaules.

– Qui d'entre nous peut savoir ce qui lui passera par la tête à un moment pareil ? Quand la situation devient extrême, on réagit de manière extrême. Désolé de n'avoir pu vous aider, messieurs.

14

– Nous avons condamné la chambre, affirma le directeur du Grand Hyatt. Vos collègues nous ont expliqué qu'ils pourraient revenir. Il va falloir remplacer la moquette et une partie de la tapisserie. Et puis, je ne pouvais pas décemment la relouer pendant le festival.

Inès fit un petit bruit compréhensif.

– Il existe des civilisations où les gens pensent que l'âme met un certain temps à quitter ce monde, poursuivit le directeur en baissant le ton. Je ne voudrais pas que mes clients soient effrayés par des fantômes. Déjà qu'un certain nombre a failli partir !

Certains concurrents pour l'Ours d'or voyaient le jury obligé par la mort de Rolf Bauer de le récompenser par le prix suprême. Soudain, ils avaient l'impression de perdre leur temps en restant à Berlin.

Inès avait présenté au directeur une carte Europol du nom d'Inge Dietmers. Même si ses cheveux bruns et sa peau mate témoignaient de ses origines latines, sa maîtrise de la langue allemande était telle qu'on aurait pu la croire native du pays. Comme tous les membres d'Epicur, elle parlait les cinq principales langues européennes de manière parfaite, tout en se débrouillant plutôt bien dans un certain nombre d'autres.

– Vous n'avez rien nettoyé du tout ? demanda-t-elle

au directeur tandis qu'il s'effaçait pour la laisser entrer dans l'ascenseur.

– Vos collègues m'ont défendu de toucher à quoi que ce soit, répondit-il. Nous avons juste coupé le chauffage.

– Et les affaires de Herr Bauer et de Fraülein Wolfstein ?

– Ce sont vos collègues qui ont tout emporté, dit-il, l'air étonné qu'elle ne le sache pas déjà. Ils ont sans doute tout restitué aux familles, ajouta-t-il comme pour trouver une excuse à son ignorance.

Inès acquiesça d'un sourire. Elle s'était présentée comme « agent du service des relations publiques d'Europol » qui souhaitait vérifier que tout se soit bien passé au moment du drame, que les policiers aient été corrects auprès du personnel de l'hôtel et qu'ils aient pensé à régler leurs consommations...

– Parfois, cela leur arrive d'oublier, et personne ne sait à qui adresser la facture, avait-elle expliqué.

Mais les officiers d'Europol s'étaient comportés de manière exemplaire. On les avait à peine aperçus dans l'hôtel.

Dans ce cas, elle souhaitait juste vérifier que rien n'avait été oublié dans la chambre Bauer/Wolfstein...

Il faisait effectivement très froid. Les agents d'Europol avaient emporté les draps du lit et les serviettes de la salle de bains, il ne restait rien dans les placards et les tiroirs ; une chambre d'hôtel n'est pas un endroit où l'on dissimule facilement des objets. Et Rolf Bauer n'avait rien à cacher. S'il se sentait menacé, il n'aurait jamais permis à des journalistes d'entrer dans sa chambre.

– Ils étaient comment, Bauer et sa femme ? demanda Inès au directeur qui se tenait toujours dans l'encadrement de la porte, peu enclin à entrer.

– Vous savez, je ne vois pas très souvent mes clients,

murmura-t-il sur un ton d'excuses. Nous avons plus de quatre-vingts chambres, et j'emploie une quarantaine de personnes, à qui je délègue le soin d'accueillir nos visiteurs. Même nos visiteurs de prestige, ajouta-t-il.

– Oui, je comprends, mais vous avez quand même eu des échos, insista Inès. Les employés ont dû en parler, surtout lors d'un drame pareil.

Le directeur soupira.

– D'après le personnel, Herr Bauer était un homme très correct, très abordable. Par contre, sa femme faisait moins l'unanimité. Certains la trouvaient adorable, mais pas tous.

– Pourquoi ? demanda Inès, étonnée.

– La femme de chambre l'a décrite comme un bloc de glace, dit-il. Mais je crois qu'il y avait eu un problème avec un flacon de shampooing vide que Fraülein Wolfstein tenait à conserver.

– La notion de vide est quelque chose d'assez personnel, fit remarquer Inès.

– Bien sûr. Mais elle fermait à clef le tiroir du bureau, également. En gardant la clef sur elle. Le personnel de service est assez susceptible concernant ce genre de détail ; il le prend pour une marque de méfiance.

Inès hocha la tête.

– J'aimerais rencontrer cette femme de chambre, dit-elle.

Le directeur sembla surpris.

– Si vous y tenez. Mais vos collègues ne l'ont même pas interrogée.

– Eh bien, ils auraient dû, affirma la jeune femme. Un bon policier ne néglige jamais le personnel de proximité.

Surtout quand Marina Wolfstein avait des choses à cacher. Ou alors, Europol savait déjà ce que Marina voulait cacher et où le trouver.

Inès ne connaissait pas le travail de la cinéaste. D'après le document-portrait fourni par Tommy, elle ne semblait pas le genre de femme à se déplacer avec des bijoux qu'il fallait enfermer à clef. L'hôtel disposait d'un coffre-fort pour ce genre d'objets.

Soudain, Inès se demanda s'ils ne s'étaient pas tous trompés, aussi bien les membres de la police berlinoise que les assassins, voire, pour le moment, Epicur. Rolf Bauer n'était peut-être pas la cible ; juste un symbole médiatique pour faire passer la pilule et éviter qu'on regarde de près sa compagne. Il faudrait qu'elle pose la question à Kléber, le détective virtuel inventé par elle, perfectionné (en tant que personne) par Canaletti, et utilisé par l'équipe. Kléber était d'une perspicacité étonnante dans les histoires embrouillées sur lesquelles enquêtait l'élite d'Europol.

– Vous avez besoin d'autre chose ? demanda le directeur d'une voix teintée d'inquiétude.

Inès sourit, le rassura :

– Désolée, j'étais ailleurs. Non, rien du tout. Juste la femme de chambre, si vous voulez bien.

*

– Qu'est-ce que vous faites ici ? demanda un agent en uniforme surgi de nulle part.

Liese Ruhlsten parvint à ne pas sursauter.

– Je cherche les pièces à conviction emportées de la chambre d'hôtel Bauer/Wolfstein, répondit-elle sur un ton détendu en retournant les étiquettes des nombreux sachets en plastique transparent qui ornaient les étagères de la petite pièce en sous-sol.

L'homme ne bougea pas.

– Le cinéaste ? demanda-t-il au bout d'un long silence.

Liese hocha la tête.

– Oui, c'est ça. Vous savez où on les a mises ?

Elle s'interrompit pour lui faire face, constata qu'il la regardait d'un air mi-amusé, mi-méfiant.

– Vous êtes qui ? demanda-t-il, sûr de lui. Journaliste ?

Liese sortit sa carte d'Europol.

– Non. Colonel.

L'agent blêmit, se décomposa, esquissa un vague salut, tentative de recomposition rapide. À présent, c'était Liese qui s'amusait.

– Désolé, colonel, je ne pouvais pas savoir, on ne vous avait jamais vue…

– Les affaires de Bauer et de Wolfstein, suggéra Liese pour le ramener à sa question première.

– Oui, colonel, enfin, non : on n'a plus rien ici. Tout a été emporté par la brigade scientifique.

– Tout ? s'étonna-t-elle.

– Oui. Et comme il n'y a plus vraiment d'enquête, vu l'absence de prévenus à inculper…

Il laissa la phrase en suspens, n'osant pas lui demander en quoi une enquête déjà morte et enterrée pouvait intéresser un colonel d'Europol.

– Quand ? demanda Liese.

– Comment ?

– Quand a-t-on emporté les affaires ? précisa-t-elle sur un ton las.

– Hier matin, je crois. On avait tout stocké ici dans la nuit de jeudi à vendredi, puis un camion de la Scientifique est venu vendredi matin.

– Quel laboratoire ?

L'agent la fixa de nouveau d'un air méfiant.

– Il n'y en a qu'un, colonel. Bergmannstrasse. À cinq minutes d'ici.

– Non, corrigea Liese aussitôt. Il y a également le laboratoire d'Europol à la Charité.

L'agent de police ouvrit la bouche puis la referma avant d'avouer :

– Je ne sais pas, mon colonel. Je ne savais même pas qu'il y avait deux laboratoires scientifiques à Berlin.

– Vous pouvez vous renseigner ? suggéra Liese.

La perspective ne parut pas le remplir de joie.

– Oui, concéda-t-il.

– Allez-y. Je vous attendrai ici.

Elle ne tenait pas à croiser de vrais membres d'Europol dans les couloirs. Pas encore.

L'agent fut de retour quelques minutes plus tard, un sourire vainqueur aux lèvres.

– Vous aviez raison, mon colonel. Le collègue à l'accueil a noté que la camionnette portait le logo d'Europol sur le côté.

Liese lui tendit la main.

– Merci beaucoup, officier. Ce fut un plaisir de travailler avec vous.

Le laboratoire d'Europol n'étant pas à cinq minutes, Liese prit un taxi. Les embouteillages de fermeture des magasins (seize heures, le samedi) lui donnèrent le temps de réfléchir à un prétexte pour expliquer sa visite et lui permit aussi de consulter sur l'écran de son communicateur, grâce à l'étonnante rapidité de Tommy, l'organigramme du service technique et scientifique de la police européenne, Allemagne.

Elle se présenta à l'accueil, montra sa carte d'Europol et sourit au réceptionniste.

– Colonel Rhule, je suis venue chercher le matériel saisi dans la chambre d'hôtel Bauer/Wolfstein. C'est le docteur Brauner qui travaillait dessus, je crois.

L'agent fronça les sourcils.

– Les affaires ne sont plus ici, colonel. Dès qu'on a reçu l'ordre d'arrêter l'enquête, on les a renvoyées au commissariat central pour être remises aux familles.

Liese inspira longuement.

– Jeune homme, je viens du commissariat central. Les sachets n'y sont plus depuis que votre camion est venu les chercher hier matin.

L'agent hocha vigoureusement la tête.

– Oui, c'est moi qui conduisais le camion, et le lieutenant Schmidt m'a accompagné, mais ensuite, un fourgon bleu est venu tout reprendre hier soir avec l'ordonnance du juge. Les affaires ont dû être remises aux familles en même temps que le corps. Essayez la morgue, peut-être. Vous voulez que je les appelle ?

Oui, Liese voulait bien. Elle commençait à ressentir la terrible frustration de l'individu isolé face à la merveilleuse efficacité inerte d'une machine bureaucratique. Quels que soient le pays ou l'époque, les machines bureaucratiques se ressemblent toutes, attendant leur heure, obéissant à une logique propre : l'ingestion de la volonté individuelle et l'annihilation de toute singularité.

À la morgue, ils n'avaient pas non plus vu les affaires de Bauer et Wolfstein.

– Peut-être les a-t-on renvoyées aux familles par la poste, suggéra le jeune homme de l'accueil, de plus en plus embêté.

– Par la poste ? C'est moi qui étais censée remettre ces affaires aux familles, affirma Liese. Officiellement. Avec reçu à faire signer. Je ne peux pas vraiment appeler ces personnes en deuil pour savoir si le facteur a pris les devants. C'est une plaisanterie, cette histoire. Vous avez au moins une liste des objets récupérés dans la chambre ? demanda-t-elle après un court silence.

– Oui, bien sûr. Je vais vous la trouver tout de suite.

Il disparut, heureux enfin de pouvoir donner une réponse positive à la colonel.

Mais Liese demeura inquiète. Bien sûr, il arrivait à la police, comme à n'importe qui, de perdre des affaires. Mais un sac, un dossier. Pas la totalité des objets saisis sur un même lieu du crime. Pas sans le faire exprès.

Qu'y avait-il dans la chambre d'hôtel qui troublait tant les officiers d'Europol ? Malgré son scepticisme naturel, Liese commençait à croire que Kurt Hauser avait raison : cette affaire n'était pas aussi simple qu'elle semblait.

15

Kurt avait donné rendez-vous à l'équipe chez Einstein, un restaurant réputé, sorte de mélange entre le café-littéraire parisien et l'auberge autrichienne, situé dans une vieille villa du centre-ville, avec jardin et terrasse. Avant de s'y rendre, il était passé chez lui envoyer un rapport succinct à l'intention de Tommy et prendre une douche pour se débarrasser de l'odeur de l'hôpital. Il pouvait rester une journée dans les puanteurs chimiques d'un laboratoire sans éprouver la moindre gêne, mais l'odeur d'un hôpital lui était insupportable. Il avait l'impression de respirer de la maladie.

Il avait passé l'après-midi auprès d'Annette Wenders pour essayer de la persuader de se faire hypnotiser par Rhéa. L'Anglaise était partie à la morgue tenter de coincer un assistant qui la laisserait consulter les rapports d'autopsie, elle n'avait pas besoin de lui. Annette, si. Au fur et à mesure de leurs conversations, il la sentait à la fois plus proche et plus fragile. Elle lui avait parlé de sa décision de devenir flic, de son enfance, de son impression de n'avoir aucune identité sexuelle, de la tentative de vie commune avec Susie Donner, et de son évident échec. D'habitude, les histoires de vie ennuyaient Kurt. Les autres l'ennuyaient. La jeune femme était d'une naïveté étonnante. Seule son énergie, sa volonté de s'en sortir semblaient l'avoir permis de poursuivre jusqu'ici.

Il avait espéré qu'en la faisant parler, les souvenirs de la nuit de jeudi reviendraient, mais il n'en fut rien. Le trou noir entre l'appartement de Reiser et l'hôpital demeurait complet. Quand il finit par quitter son chevet, il lui promit de revenir en fin de soirée.

– Avec votre hypnotiseuse ?

– Si vous le souhaitez.

– Amenez-la toujours, mais je ne sais pas si j'aurai changé d'avis.

Chez Einstein, tout le monde l'attendait, et dès les commandes prises, il se lança dans un résumé de l'enquête.

– Tommy a identifié les trois hommes qu'Enrico et Caleb ont filmés chez Knass, dit-il en guise de préambule. Il s'agit de trois membres de la brigade financière qui travaillent sous les ordres d'un commissaire du nom de Jules Schneider dans la fameuse unité ULTIM. Annette Wenders a identifié les trois hommes et Schneider comme étant présents au commissariat central le soir du drame.

– La brigade financière ? s'étonna Enrico. Et que viennent faire des comptables de luxe dans une unité de lutte contre le terrorisme international ?

– C'est la question que nous nous posons tous, répondit Kurt. Tu peux peut-être creuser un peu le passé juridique de la brigade, voir si quelque chose ne fait pas tilt.

– Cela corrobore l'idée d'une manipulation, intervint Liese. Ça et la disparition du commissariat central des affaires personnelles des victimes.

– Marina Wolfstein enfermait quelque chose à clef dans sa chambre d'hôtel, poursuivit Inès.

– La femme de Bauer ? demanda Caleb. Qu'est-ce qu'elle avait à cacher ?

– Marina Wolfstein est bien plus que la femme de Bauer, répondit Inès d'une voix acide. À vingt-huit ans, elle a dix longs métrages documentaires à son actif, des films engagés, souvent tournés dans des conditions précaires, voire complètement illégales. Tout le monde était tellement braqué sur le *Röte Engel* de Bauer que personne ne s'est demandé si la cible première n'était pas en fait sa compagne.

– Ça change tout, reconnut Caleb en hochant la tête. La piste d'un acte terroriste pro-Pacte s'efface aussitôt.

– À moins que Marina ne travaillât pas aussi sur ce sujet-là, intervint Kurt. Caleb, est-ce que tu peux faire un tour chez les collègues de Marina, rencontrer ses producteurs, ses contacts professionnels ? Fais-toi passer pour un directeur de festival du film documentaire, un truc comme ça. Restrospective et rushes du dernier film…

– Pas de problème, répondit Caleb. Sauf que demain, c'est dimanche.

– Le Berlinale continue. Tu pourras te mêler aux festivaliers.

– Et moi ? demanda Liese.

– Les effets personnels de Marina, répondit Kurt aussitôt. Tu as raison, leur disparition n'est pas normale. Il ne faut pas lâcher le morceau.

– Dans la liste qu'on m'a remise au laboratoire, il est fait mention d'une caméra digitale V10. Il serait peut-être intéressant de la retrouver.

– Une V10 ? s'exclama Inès. Alors, on est peut-être sauvés.

– Pourquoi ? demanda Kurt, le regard inquiet.

– C'est la nouvelle caméra Iris semi-professionnelle version hyper-sécurisée, expliqua Inès. Si on tente d'effacer sa mémoire, la caméra se bloque et les images enregistrées deviennent inexploitables. La V10 est couplée, dès sa mise en service, au logiciel de traitement d'images *cinéclip* d'un ordinateur précis. Elle ne reconnaît que celui-là, en général celui du propriétaire de la caméra. Toute tentative de transfert de la mémoire ailleurs aboutit au verrouillage du disque dur.

Caleb siffla d'admiration.

– Je n'en ai jamais entendu parler, avoua-t-il.

Inès sourit.

– C'est normal. Le petit bijou coûte très cher, et a tendance à n'intéresser que les cinéastes amateurs qui ont des choses à cacher. Ou des professionnels comme Marina.

– Je ne vois toujours pas en quoi cela nous sauve la mise, insista Liese.

– Parce que Marina a pu envoyer ses images sur son ordinateur personnel par Internet, pour commencer, répondit Inès comme s'il s'agissait d'une évidence.

– Et alors ?

– Et alors si les images ont transité par le web, je devrais pouvoir les récupérer, sourit l'Espagnole. Soit par l'un des sites hôtes, soit directement sur l'ordinateur de Marina, à condition qu'il soit toujours connecté au réseau téléphonique.

– Tu sais faire ça ? s'étonna la Suédoise.

Inès haussa les épaules.

– En théorie.

– Je vais lancer le logiciel Woodworm sur tous les membres de cette fameuse brigade financière, décida Kurt en attaquant son Wienerschnitzel avec appétit. Quand on passe sa vie à démonter des magouilles financières, il doit être tentant de fermer les yeux en échange de quelques gratifications. Je vais voir si nos collègues n'ont pas quelques comptes en banque en territoire neutre.

Inès poussa un long soupir.

– Ce qui est terrible, quand on y pense, c'est que la plupart de nos enquêtes mettent en lumière la corruption de ceux qui sont payés pour faire respecter la loi.

– Il doit parfois être difficile de garder la tête froide quand on passe son temps à côtoyer des hommes et des femmes devenus riches en transgressant les règles, fit remarquer Rhéa. Je ne veux pas dire qu'un flic honnête est une denrée rare, mais nous vivons dans une société où l'honnêteté n'est plus une valeur. Ni pour un flic ni pour un citoyen.

– Et c'est pour cela qu'Epicur existe, intervint Enrico d'une petite voix. Dans une société utopique, il n'y aurait pas de police parce que pas de crime. Chacun serait capable de s'autogérer. Dans une société non pas utopique mais simplement idéale, la police serait honnête et protégerait le citoyen également honnête contre la petite minorité criminelle. Nous avons la société que nous méritons.

Liese applaudit et fit tourner quelques têtes dans leur direction. Le restaurant était plein. Pendant le festival, la plupart des restaurants berlinois étaient pleins. À la table à côté, on parlait anglais, des accents différents, des têtes qui ressemblaient à des acteurs. Peut-être l'équipe d'un film en compétition.

– D'après les images d'Enrico, Tommy a pu identifier le groupe d'extrême droite auquel appartenaient Knass et Reiser, poursuivit Kurt. Il y avait plusieurs numéros de la fanzine *Deutsches Recht* sur les étagères. C'est la publication d'un groupuscule éponyme proche des extrémistes autrichiens. En gros, ils défendent l'idée d'une race supérieure constituée d'Allemands, d'Autrichiens (autant commencer par soi-même), de Tchèques, de Polonais et d'Italiens du Nord. Le groupe travaille dans l'optique d'un regroupement de la race supérieure qui exploiterait toutes les autres. Il doit compter une centaine de membres pour toute l'Allemagne. Le président s'appelle Ernst Leiderman. Je vais essayer de le rencontrer.

– En tant qu'ami de Reiser ? demanda Liese d'une voix particulièrement froide.

Kurt ne répondit pas.

Caleb et Inès étaient logés dans la même pension. Après le repas, ils rentrèrent ensemble, un plan de la ville dans une main et les directions écrites par le serveur dans l'autre. Une fois la nuit tombée et les magasins fermés, Berlin semblait se métamorphoser, changer de disposition. Des bars qu'on ne remarquait pas la journée s'emplissaient d'une lumière chaude et accueillante, des vendeurs de saucisses chaudes prenaient place aux intersections, et la population rajeunissait.

– Tu veux qu'on s'arrête boire une bière quelque part ? proposa Inès.

Caleb secoua la tête.

– Non, je te remercie. Je n'ai pas trop envie de faire la fête.

L'Espagnole sourit.

– À vrai dire, moi non plus. J'ai soudain l'impression de vivre dans un vaste mensonge.

Caleb la regarda, l'expression inquiète.

– Pourquoi tu dis ça ?

Inès haussa les épaules.

– Ça veut dire quoi, pour toi, une vie de couple ?

Caleb se permit un sourire ironique.

– Construire l'avenir autour d'un projet commun.

– Ce qui ne sous-entend pas forcément vivre ensemble ?

– Non, tu as raison. Mais quand on envisage un projet commun, c'est justement parce qu'on est bien avec cette personne-là.

– Pourquoi l'investissement dans le couple doit-il marquer la fin d'une existence individuelle ? insista Inès. Je veux bien que nous vivions une époque égoïste et amorale, mais le renoncement à l'individu au profit de ce projet commun dont tu parles me semble, en fin de compte, uniquement une question de pouvoir. L'un des deux s'efface devant la domination de l'autre, et le moindre détail, de la couleur de la moquette jusqu'au menu du soir, devient un champ de bataille où la domination se répète à l'infini.

– C'est dans le pire des cas, reconnut Caleb.

– Non, le pire des cas, c'est quand il n'y a même plus de bataille ; quand l'emprise est établie une fois pour toutes, répondit-elle d'une voix triste.

– Tu as des problèmes de couple ? demanda le Belge en souriant.

– Est-ce que tu crois que le couple est encore un choix réalisable dans cette société de plus en plus instable ? demanda Inès sans répondre à sa question.

– Je le crois, affirma Caleb avant d'ajouter : Mais parfois j'ai l'impression de me raconter des histoires.

Il leva les yeux vers le froid ciel étoilé, sans doute à la recherche d'une réponse absolue et définitive.

– Tout dépend peut-être de quoi était fait l'avant de chacun, murmura-t-il. De ce qu'on laisse derrière soi.

16

Rhéa frissonna, mais le mouvement automatique n'avait rien à voir avec le froid. Depuis son arrivée à Berlin, elle avait l'impression d'être surveillée, espionnée. Le fantôme de Pippa la serrait de près.

L'hôpital était chauffé au point de devenir étouffant. Annette semblait avoir repris des couleurs depuis la dernière fois. Elle était installée dans un fauteuil en similicuir en train de lire.

– Ils voulaient que je prenne un somnifère, dit-elle en voyant Rhéa. Je leur ai dit où ils pouvaient se le mettre.

– Ça partait sans doute d'une bonne intention, murmura l'Anglaise en souriant.

– La moitié de ce foutu continent est accroché à ces saloperies, et c'est à l'hôpital qu'on veut m'ajouter à la liste ? s'écria Annette, outrée.

Rhéa n'arrivait pas à déterminer si la colère de la jeune femme était réelle ou si elle faisait partie d'un jeu de rôle qu'Annette avait endossé. Sans doute un mélange des deux. Les flics étaient de grands consommateurs de somnifères et d'anxiolytiques.

– C'est parfois une aide, affirma la psychiatre. Décrocher du réel pendant quelques heures. Cela ne résout pas les problèmes, mais le corps se repose. L'esprit aussi.

– Au niveau du décrochage du réel, je crois que j'ai eu ma dose, répondit l'Allemande avec un sourire tendu. J'aurais plutôt besoin de raccrocher les wagons.

Rhéa hocha la tête.

– Vous êtes décidée, alors ?

La jeune femme inspira nerveusement.

– À deux conditions. Premièrement, c'est juste vous et moi. Et, si ça devient intime, si ça sort du cadre de l'enquête, vous voyez ce que je veux dire, vous me réveillez.

La psychiatre se tourna vers Kurt.

– C'est toi qui diriges les opérations. Qu'est-ce que tu en dis ?

– Vous nous enlevez la possibilité d'utiliser votre témoignage lors d'un procès éventuel, dit l'Allemand à Annette.

– Vous pourrez toujours m'hypnotiser de nouveau s'il le faut, mais j'ai besoin, moi, de savoir ce qui s'est passé avant d'envisager quoi que ce soit d'autre.

Kurt hésita, mais Rhéa le soupçonna de jouer les prolongations juste pour la forme. Il allait accepter ses conditions. Il ne pouvait pas faire autrement.

– C'est OK. Vous voulez que je sorte tout de suite ?

– S'il te plaît, dit Rhéa doucement. Et si tu peux dire aux infirmières de ne pas nous déranger…

C'était étrange de se retrouver aussi proche d'une parfaite étrangère tout en ayant l'impression de tenir compagnie à une amie intime.

– Vous ressemblez beaucoup à quelqu'un que j'ai aimé, dit-elle pour tenter de dissiper son propre malaise.

Annette fit un geste du menton en direction de la porte.

– À lui aussi, je rappelle la même personne, affirma-t-elle. Elle est morte ?

– Oui.

– Je suis désolée.

Rhéa sourit.

– Pas autant que moi.

– Asseyez-vous sous la lumière, face à la fenêtre. Parfait. Vous n'avez jamais été hypnotisée avant, Annette ?

– Pas à ma connaissance.

– Répondez seulement oui ou non. Ne tentez pas de compliquer les réponses. Vous verrez, tout est d'une simplicité enfantine, nous vivons dans un monde binaire. Ils vous ont apporté à manger ce soir, j'espère ?

– Oui.

– Parfois ils oublient. On n'a pas voulu vous alimenter tout de suite de peur d'une réaction, mais ce soir vous pouviez vous permettre un repas léger. C'était bon ?

Hésitation, puis :

– Non.

Rhéa poursuivit avec l'impression de raconter n'importe quoi, concentrée sur le timbre de sa voix, garder juste la bonne musicalité, la bonne intensité. Elle ne bougeait pas. Sa propre immobilité devait aussi aider le sujet à lâcher prise. Au bout de trois ou quatre réponses murmurées d'une voix rêveuse, Annette avait adopté le regard brumeux du sujet sous hypnose.

– Vous êtes à présent en étant de profonde relaxation, affirma Rhéa. Quand nous aurons fini, je compterai jusqu'à trois, puis je taperai dans les mains et vous vous réveillerez. Ça va, Annette ?

– Oui.

Rhéa s'interrompit un moment, étira ses jambes puis ses épaules. Elle avait beau pratiquer cette forme de thérapie depuis des années, le fait de plonger un sujet en hypnose exigeait toujours autant d'énergie. Elle aurait dû demander à Kurt de lui rapporter du chocolat.

– Nous allons parler de Peter Knass, reprit Rhéa. Vous vous souvenez de lui ?

– Oui.

– Vous pouvez me le décrire ?

Annette n'était pas flic pour rien. Taille, âge, signes particuliers, tout y était. Rhéa avait l'impression de l'entendre lire une fiche signalétique. Elle poursuivit sur la conversation entre Annette et Knass dans les toilettes du Grand Hyatt, le trajet jusqu'au commissariat central, le début d'interrogatoire. Les souvenirs d'Annette étaient précis et parfaitement conformes à son premier rapport. Puis Rhéa lui demanda de décrire l'appartement de Wolfgang Reiser. À sa surprise, Annette secoua la tête.

– Je ne peux pas.

– Pourquoi ?

– Parce qu'il y a Susie et qu'elle ne m'aime plus.

Rhéa soupira. L'un des difficultés de travailler avec l'hypnose était l'exacerbation des problèmes affectifs.

– Nous ne sommes pas ici pour parler de Susie, dit-elle doucement. Susie fait partie d'une autre réalité. Elle est dans la pièce à côté. Chaque fois que vous rencontrerez Susie, elle ira dans la pièce à côté. Qu'y a-t-il dans l'appartement à présent ?

De nouveau, la description corroborait le rapport envoyé par Annette à Epicur. Rhéa commença à ralentir le rythme des questions.

– En rentrant du commissariat, que ressentez-vous, Annette ?

– Je suis en colère. Quelqu'un veut m'empêcher de faire mon travail, et mes collègues ne sont que des lâches. Ils courbent la tête et obéissent, et deux gamins y laissent leur vie.

– Des gamins, vraiment ? Des criminels, non ? Des assassins ? Ils ont tué Rolf Bauer et son amie.

– Ce n'est pas une raison pour leur refuser un procès ! s'exclama Annette, soudain au bord des larmes. La peine de mort a été abolie en Europe !

– Et vous trouvez cela bien ?

– Non, pas bien. Nécessaire. Il faut avertir Epicur.

– C'est fait, affirma Rhéa. Vous avez envoyé toutes les informations dont vous disposiez, et vous êtes rentrée chez vous.

– Susie est dans la pièce à côté.

– Oui, c'est ça. Et ensuite ?

– Elle s'en va, dit Annette.

– On ne s'intéresse pas à Susie, intervint Rhéa. C'est vous qui êtes en scène, ici. Vous êtes seule à la maison à présent. Qu'est-ce que vous faites ?

– Je ferme les yeux, j'ai envie de dormir, mais on sonne à la porte. Susie a dû oublier ses clefs. Je me lève, à moitié endormie, mais c'est un homme que je ne connais pas. Il dit qu'il est colonel d'Europol, qu'il a besoin de me poser quelques questions à propos des événements de ce soir.

– Il est comment ? demanda Rhéa d'une petite voix. Physiquement ?

– Aussi grand que Boris, mais plus mince. Il est beau, comme un mannequin, les traits fins. On dirait un acteur français.

Rhéa avait l'impression qu'elle allait s'étouffer.

– Continuez, ordonna-t-elle à l'Allemande.

– On va aller boire un coup, ce sera plus sympathique que le commissariat. Je suis assez froide, mais il ne tente pas de me draguer. Il semble vraiment vouloir savoir ce qui s'est passé.

– C'est l'un des agents que vous avez vus au commissariat ?

– Non, certainement pas. Les autres avaient tous un air militaire, pas lui. Et quand il parle sa voix est très douce. On se sent à l'aise. Mais il faut se rappeler de tout. Le moindre détail peut avoir son importance.

La voix d'Annette avait changé, était devenue cajolante, et Rhéa sut avec une conviction inébranlable que la jeune femme avait déjà été hypnotisée. Quelqu'un était allé faire un tour dans son cerveau pour y trouver et effacer des souvenirs. Quelqu'un de très beau qui ressemblait à un acteur français.

Ugo Mabian. Rhéa pouvait presque le sentir auprès d'elles. Ugo le traître, retrouvé sur un enregistrement de caméra de surveillance lors de l'enquête à Zeebrugge. Elle n'en avait parlé à personne. Ugo revenu vérifier que rien ne traînait du côté d'Annette Wenders. Rhéa n'en parlerait pas plus aujourd'hui.

– Il faut oublier tout ça, disait Annette.

– Oublier quoi ? interrogea Rhéa en reprenant ses esprits.

– Tout ce qu'a dit Peter Knass à propos du pharmacien. Et il faut dire à Rhéa que je n'ai pas tué Pippa. Comme preuve, je ne tue pas celle-ci non plus. Je ne tue pas, Rhéa. La solution est ailleurs.

L'Anglaise eut un hoquet, sauta sur ses pieds comme si la chaise était devenue subitement brûlante. Elle se retint de hurler, s'efforça de garder son calme.

– Tu peux répéter ? demanda-t-elle doucement.

La policière allemande répéta. Mot pour mot.

– Vous allez vous réveiller. Un, deux, trois.

Elle se leva, s'approcha de la fenêtre, regarda la ville illuminée.

– Que s'est-il passé ? demanda Annette.

– Rien de bien intéressant.

– Je me suis saoulé la gueule, c'est ça ? demanda l'Allemande. Des fois, ça m'arrive, quand la vie devient lourde. Après, je ne me souviens de rien.

– Chacun se protège comme il peut, murmura Rhéa.

– En fait, c'est l'idée de devoir déménager qui me pèse le plus, murmura la jeune femme. Recommencer tout ça, chercher un appartement, monter des étagères, trimballer des cartons… Une histoire d'amour qui s'arrête revient toujours à trimballer des cartons.

Quand Kurt la déposa Ludwigkirchstrasse, Rhéa retrouva Inès et Caleb dans le salon du petit appartement, face à l'écran souriant de Kléber, le cyber-détective d'Inès. Elle avait une impression de glace au fond de l'estomac. Sa décision était prise avant même qu'elle en ait eu conscience. Elle ne dirait rien.

– Alors ? interrogea Caleb en lui prenant son manteau.

– Fausse alerte, dit-elle d'une voix sans émotion. Annette a voulu noyer son chagrin. Heureusement que les éboueurs sont passés par là. Et que dit Kléber ?

– Pour l'instant, j'ingurgite, répondit le visage moqueur en portant deux doigts à un béret auvergnat porté légèrement de travers.

– Bon appétit, dans ce cas, lui souhaita Rhéa.

– Trop tôt, affirma Inès plus sérieusement. On ne dispose pas de suffisamment d'informations. Avec un peu de chance, Kléber pourra nous donner une première impression demain soir.

Le visage virtuel lâcha un rot sonore, et Inès secoua la tête de dépit.

– Ça, c'est Giancarlo. Il trouve ça drôle. C'est quel stade freudien, l'obsession des rots et des pets ?

– Stade masculin, répondit Rhéa avec une grimace. Les hommes n'en sortent jamais. Bon courage, les enfants, je vais me coucher.

Caleb lui lança un regard qu'elle réussit à ignorer. S'il te plaît, pas ce soir.

17

Le ciel au-dessus de Berlin était d'un bleu profond et éternel, un bleu de peinture italienne, avec températures cependant plus proches de la Sibérie. Enrico avait froid, pour ne rien arranger. Et le café servi au petit déjeuner de la pension Begenzer n'était pas assez fort.

Enrico Metral avait encore plus mal dormi que d'habitude, et s'était réveillé avec une conviction inconfortable : il allait faire l'amour avec une femme ; vivre jusqu'au bout ces nouveaux désirs qui lui emportaient le corps. Il devait accomplir l'acte pour savoir si c'était ce dont il avait vraiment envie. S'il était prêt à changer à ce point.

Il avait rendez-vous à dix heures avec Susie Donner, la petite amie d'Annette Wenders qui ne savait pas qu'il le savait puisqu'il ne lui avait pas dit qu'il faisait partie d'Epicur. Pour Susie, il arrivait de Bonn, à la demande du ministère de la Justice, dans le cadre d'une commission d'enquête sur les meurtres Bauer/Wolfstein.

– Un dimanche ? s'était étonnée la jeune lieutenant de police quand il l'avait jointe par téléphone la veille au soir.

– Vous n'avez jamais entendu parler de la notion d'astreinte ? avait-il répondu d'une voix glaciale.

Susie Donner n'allait pas beaucoup l'aimer.

Il prit le U-Bahn jusqu'à la Platz der Luftbrücke, reconnut Susie qui l'attendait devant l'hôtel de police. Pas très grande, brune, cheveux courts, elle rayonnait de force intérieure, de grande solidité psychologique. Elle était belle. Pas dans le sens classique, pas selon les critères italiens ; elle était trop musclée, pour commencer, mais elle avait la sorte de beauté un peu androïde qui l'avait attiré chez la jeune avocate florentine quatre jours auparavant. Il devait commencer à s'y habituer, mais Enrico éprouvait le même mélange de surprise et d'inquiétude à chaque fois. Désirer une femme ? Et puis quoi encore !

Susie Donner le précéda vers une pièce contenant quatre bureaux, quatre ordinateurs. Pas un chat. Elle l'installa devant son propre poste, lui afficha le dossier Bauer/Wolfstein sur l'écran. Son attitude était froide, hostile. Pas la déférence à laquelle on pouvait s'attendre de la part d'un officier subalterne.

– Voilà. Autre chose ? demanda-t-elle.

– Une liste de toutes les personnes liées de près ou de loin à ce début d'enquête. Si vous ne connaissez pas les noms, mettez les fonctions.

– Style « portier d'hôtel » ?

– Le portier de l'hôtel a participé à l'enquête ?

Elle se tut. S'assit devant un des ordinateurs libres, l'alluma.

Enrico s'en voulut de se montrer aussi cassant, mais il ne voyait pas comment faire autrement. Elle ne lui laissait pas un grande marge de manœuvre. Son attitude, en temps normal, lui aurait valu un avertissement. On ne badinait pas avec la notion de respect de la hiérarchie dans la police européenne.

Il parcourut les rapports d'Annette et de Susie concernant la découverte du cadavre de Wolfgang Reiser, celui du capitaine Drodste relatant le déroulement de la soirée et qui se concluait par une phrase laconique : « À ce point, l'enquête a été prise en charge par l'inspecteur divisionnaire Schneider sur ordres du juge. »

Enrico relut les rapports une fois de plus pour être sûr. Non, nulle part il n'était fait mention du nom du juge.

– Qui est le juge d'instruction nommé sur l'affaire ? demanda-t-il à Susie qui tapait sur son clavier, sourcils froncés.

– Aucune idée.

Enrico soupira. Elle le poussait à bout. Il ne pouvait pas continuer à l'ignorer. Dans la logique de son rôle, il affirma :

– Lieutenant, je suis un homme patient et, contrairement à beaucoup de mes collègues, assez relax sur le protocole. Mais cela fait trois fois à présent que vous me manquez de respect en tant qu'officier supérieur et en tant que personne. Qu'est-ce que vous cherchez ? Une sanction ?

Susie releva la tête, un sourire mauvais sur les lèvres.

– Vous savez, colonel Mestre, cela fait six ans que je subis des manquements au respect le plus élémentaire parce que je suis non seulement une femme mais également une lesbienne. Hier matin, j'ai remis au capitaine Drodste ma lettre de démission. Alors, niveau respect, je ne dois plus rien à personne.

Enrico demeura un instant immobile. Il ne s'était pas attendu à ça.

– Vous êtes certaine d'avoir pris la bonne décision ? demanda-t-il enfin.

– Oh oui ! Vous ne pouvez pas imaginer à quel point il est difficile de vivre son homosexualité dans des conditions pareilles.

– Si, dit-il doucement.

Cette fois, ce fut Susie qui marqua une pause, le regarda. Comprit.

– Mais vous, vous êtes un homme, affirma-t-elle plus doucement.

– C'est vrai, admit-il. La pression n'est pas la même. Mais le mépris est toujours là. Pour le juge, reprit-il au bout d'un moment. Vous pouvez trouver son nom ?

– Ça doit être consigné quelque part, répondit-elle. Je peux aussi appeler Drodste. Mais on est dimanche, il ne va pas apprécier.

– J'aime autant laisser le capitaine de côté pour le moment, dit Enrico avec un sourire d'excuses. Si on peut faire autrement, c'est tout aussi bien.

Une expression étrange traversa le visage de Susie. Elle fixa Enrico de nouveau.

– Qui êtes-vous ?

Et voilà. À force de vouloir jouer les malins, tu es pris à ton propre piège. Et qu'est-ce qu'on fait, à présent ? La scène des grands aveux ?

– Commençons par identifier le juge et dresser la liste des agents de Schneider, dit-il d'une petite voix. Ensuite, si vous acceptez, je vous emmènerai déjeuner quelque part et nous parlerons du respect de la hiérarchie et de l'évolution des mentalités au sein de la police européenne. Enfin, si cela vous intéresse encore.

– Disons au nom de la nostalgie, murmura-t-elle.

*

La brigade financière occupait des bureaux au sixième étage de l'imposant bâtiment du Polizeipräsidium, Platz der Luftbrücke, et ne travaillait pas le dimanche. Elle avait hérité d'une série de bureaux et d'une salle de réunion qui donnaient tous sur le même couloir dont l'accès, en venant des ascenseurs, était fermé par une porte transparente sur laquelle une plaque en laiton annonçait : Finanzbrigade. Kommisar

J. Schneider. Liese se trouvait sans aucun doute au bon endroit, mais la maison était vide et fermée à clef.

Qu'à cela ne tienne.

Liese fouilla dans sont petit sac à dos et trouva un des gadgets de Tommy dont le dernier modèle s'appelait Sezam. Il se composait d'une tige métallique percée d'innombrables petits trous à partir desquels d'autres tiges sortaient à des longueurs variables, le tout surmonté d'une tête de la taille d'une boîte à pilules. C'était une clef intelligente, programmée à lire la serrure de l'intérieur, s'y adapter et ainsi permettre à son heureux propriétaire d'ouvrir à peu près n'importe quelle porte moderne sans en abîmer l'infrastructure ni déclencher des alarmes anti-effraction. Un outil précieux dans des situations où l'on préférait se passer de la présence du légitime propriétaire des lieux.

La logique voulait que les affaires personnelles de Marina Wolfstein et de Rolf Bauer se trouvent dans les locaux de la brigade financière. Non que cela fût normal, mais on ne les avait pas trouvées ailleurs. L'intervention de la brigade des finances dans une enquête pour meurtre relevait de la même illogique. Deux négatifs devenant un positif, les affaires se trouvaient ici.

Liese inséra Sezam dans la serrure en espérant que personne ne viendrait faire un tour au sixième étage pendant une minute ou deux. L'un des désavantages de la clef électronique était sa taille ; on pouvait difficilement la confondre avec une clef normale.

Une minute et demie plus tard, Sezam émit un petit sifflement satisfait. Liese tourna la poignée, et la porte s'ouvrit. Apparemment, on n'avait pas encore eu l'idée d'équiper les brigades d'alarmes internes, Liese procéda à une fouille minutieuse pièce par pièce.

La plupart des bureaux étaient ouverts et ne contenaient rien de plus excitant que des ordinateurs et des meubles de classement. La salle de réunion était encore plus vide : une table, des chaises, un tableau effaçable et une cafetière. Par contre, au bout du couloir, trois portes étaient fermées à clef. Le bureau de Schneider (nouvelle plaque en laiton) et deux portes anonymes.

Liese remit Sezam au travail, attendit la manifestation sonore de la réussite, et pénétra dans une pièce dont les murs étaient tapissés de meubles de classement. Sans doute les archives internes de la brigade ; une mine d'informations pour qui avait le temps d'explorer les dossiers. Mais Liese ne voulait que la caméra de Marina Wolfstein.

Laissant la porte des archives entrebâillée, elle remit Sezam au travail sur la serrure de la deuxième porte. Et poussa un long soupir de soulagement en voyant dans la petite pièce des étagères garnies de sachets transparents et étiquetés.

Elle s'empara du sac contenant la petite caméra puis, en repensant aux propos d'Inès, prit également les affaires de toilette et le flacon de shampooing de la cinéaste. Elle les fourra dans son sac à dos avant de, comme dans le dicton, refermer l'étable derrière elle. Le cheval avait fui.

Puis elle revint dans la salle des archives.

Liese ouvrit des tiroirs et feuilleta des dossiers au hasard. Un bel éventail du crime en col blanc. Cent mille euros détournés par un cadre du S-Bahn Berlin GmbH, six cent mille euros blanchis par une société immobilière, des emplois fictifs servant à financer des campagnes électorales, l'étendue imaginative de ses concitoyens quand il s'agissait de trouver de l'argent, encore de l'argent, toujours de l'argent, était stupéfiante.

Liese jeta un coup d'œil à sa montre : cela faisait presque une demi-heure qu'elle était là. Pas très intelligente de prendre le risque de se faire surprendre alors qu'elle avait déjà trouvé ce qu'elle était venue prendre. Elle quitta la salle des archives en se promettant d'y rapporter les pièces empruntées dès qu'Inès en aurait fini.

Alors qu'elle refermait la porte transparente, l'ascenseur à sa droite se mit à bourdonner, les chiffres des étages à clignoter. Deux, trois, quatre, dépêche-toi, Sezam, bordel, on va se faire prendre. L'ascenseur et la clef intelligente annoncèrent leur arrivée simultanément, Liese arracha Sezam de la serrure pendant que les portes métalliques s'écartaient pour laisser le passage au commissaire de brigade Jules Schneider.

Il la salua d'un mouvement de tête auquel Liese répondit avant de prendre sa place dans l'ascenseur et d'appuyer sur le chiffre zéro. Puis elle se remit à respirer. À trente secondes près, t'étais cuite, ma fille. Trop sûre de toi, trop confiance en ta bonne étoile. La chance est aussi une mesure statistique. Un jour ou l'autre, l'équilibre se fait.

Ç'avait failli être aujourd'hui.

18

Inès venait à peine de se réveiller quand son communicateur se mit à sonner. Elle le commuta en mode vocal, pas la peine qu'on la voie au saut du lit, et répondit.

– Inès, c'est Cecilia, écoute, la nouvelle vient de tomber, et je ne voulais pas que tu l'apprennes par quelqu'un d'autre ou, pire, à la radio. Pedro est mort cette nuit.

Inès attendit que le vide arrête de tourbillonner, que l'univers se stabilise.

– Inès, tu es là ?

Elle soupira.

– Oui, bien sûr.

– Il ne faut pas que tu culpabilises, d'accord ? Ce n'est pas ta faute, tu n'y es pour rien.

Inès fronça les sourcils, tenta de comprendre. Évidemment qu'elle n'y était pour rien. Ils ne vivaient plus ensemble depuis bientôt quatre mois, depuis qu'Inès lui avait enfin avoué qu'elle ne voulait pas l'épouser. Trois jours plus tard, des cartons contenant ses affaires personnelles, ses livres et ses cours, étaient arrivés à la fac. Pedro n'avait pas essayé de reprendre contact.

– Je sais que je n'y suis pour rien, dit-elle lentement. Pedro était malade depuis des années. Il a toujours été malade, en fait. Il répétait à qui voulait l'entendre qu'il ne vivrait pas vieux.

Un silence à l'autre bout accueillit ses propos.

– Pedro n'était pas malade, soupira son assistante. Il s'est suicidé.

Le vide implosa. Des milliers d'échardes de vide pointues volèrent à travers la chambre, pénétrant chair et os, lacérant les murs, réduisant en lambeaux toute notion de réel. Le réel est un tissu déchiré, parsemé d'éclats de vide. Et je n'ai même pas la force de pleurer.

La voix de Cecilia se remit à bourdonner.

– Je te laisse, je te rappellerai dans un moment. Mais ne culpabilise pas. C'est exactement ce qu'il voudrait, ajouta-t-elle plus bas. Il a fait ça pour te blesser.

Inès posa le communicateur sur le lit. Pourquoi Pedro voudrait-il lui faire mal puisqu'ils ne vivaient plus ensemble ? Quel intérêt pouvait avoir sa souffrance puisqu'il ne la verrait même pas ? Pouvait-on détester quelqu'un à ce point ? La haine pouvait-elle se montrer plus forte que la vie ?

Un bruit à la porte.

– Inès ? On va prendre le petit déjeuner. Tu nous rejoins ?

Rhéa. Sauve-moi.

Elle se leva, trébucha, se rattrapa à la poignée de la porte.

– Rhéa, s'il te plaît. On vient de m'appeler de la fac. Pedro s'est tué. Suicide.

– Et merde !

Rhéa entra, la prit par les épaules, la regarda dans les yeux.

– Dans ce cas, c'était vraiment un salaud. Va prendre une douche. Non, attends deux secondes.

Rhéa disparut puis réapparut presque aussitôt.

– Tiens, prends ça.

– Qu'est-ce que c'est ?

Un cachet. Petit, blanc. Rien de très excitant.

– C'est un coup de pouce. Vas-y, avale.

Petit cachet blanc au fond de la gorge, avalé sans eau. Beaucoup d'eau dans la douche, par contre. Eau chaude, parfums, mousse. Chaleur. Une nouvelle impression de vie reconstituée, une légère perte de gravité. En sortant de la salle de bains, Inès flottait.

– C'est quoi, exactement, ton coup de pouce ? demanda-t-elle à Rhéa avec un sourire.

– Euphorisant. Ne pas en abuser. Ne provoque peut-être pas des maladies cardio-vasculaires, mais on peut s'y habituer très vite. Pur souci professionnel, ma grande ; tu affronteras ton deuil une fois l'enquête bouclée.

Liese arriva alors qu'ils vidaient le deuxième pot de café, brandissant fièrement la caméra de Marina Wolfstein.

– J'ai pris le shampooing, aussi. On ne sait jamais.

Elles regagnèrent ensemble le petit salon où Kléber continuait d'ingérer des gigaoctets d'informations qu'il devrait ensuite trier et analyser afin de proposer un coupable statistiquement viable.

– Bonjour, Kléber, dit Inès en le regardant. On t'apporte le petit déjeuner. La mémoire d'une caméra V10.

Elle s'installa devant le clavier pendant que Kléber faisait une moue.

– C'est un pain au chocolat enfermé dans un coffre-fort dont vous avez perdu la clef, dit-il d'une voix dépitée. Bonjour, Rhéa, bonjour, Liese, vous avez d'autres friandises dans ce genre ?

– Non, c'est tout, répondit Rhéa.

– Euh, peut-être pas, intervint Liese avec un sourire d'excuses. On n'a pas encore regardé le flacon de shampooing.

Elle posa le sachet officiel sur la table basse et regarda Inès.

– Voilà le produit qui a valu une engueulade à la femme de chambre qui pensait bien faire en débarrassant la salle de bains d'un flacon vide.

Rhéa brisa les scellés – dans le matériel fourni par Tommy, il y avait de quoi les reconstituer – et sortit l'objet. Un flacon de plastique bleu, un rectangle arrondi de quinze centimètres de haut sur huit de large avec un dessin de chat en relief au-dessus de l'étiquette. Shampooing-soin extra-doux.

– La jointure a été refaite, affirma-t-elle.

– Alors on n'a plus qu'à la défaire, sourit Liese.

*

Caleb se sentait comme un enfant. Les yeux grands ouverts, il déambulait dans la foule qui se pressait devant les nombreuses salles de projection, dans les bars et devant les expositions du Berlinale. De temps en temps, il avait l'impression de croiser un visage connu ; un personnage de film, de série télévisée, un écrivain dont le roman venait d'être adapté à l'écran, un animateur de talk-show ou le dernier critique de cinéma à la mode. Tout un monde élégant, bien habillé, sûr de soi et de sa place dans la société.

Le programme annonçait un débat à onze heures sur l'avenir du film documentaire en salles. Certains distributeurs tentaient de revaloriser la non-fiction, mais le public ne suivait pas, et le documentaire semblait condamné à ne plus vivre que grâce au petit écran, avec toutes les dérives inhérentes au monopole de la télévision sur le choix des sujets.

Caleb finit par trouver la salle, attendit avec un public peu nombreux l'arrivée des participants, puis ouvrit les oreilles. Il y avait un producteur, un responsable des documentaires de la chaîne Europa et trois réalisateurs européens. Le modérateur semblait être un journaliste, mais il ne se présenta pas.

Pendant la première demi-heure, le débat ronronna entre la présentation des invités et un état des lieux du genre, puis l'un des réalisateurs, le Français Jack Bétille, sortit l'artillerie lourde.

– Inutile de se leurrer. Aujourd'hui, à part peut-être dans quelques rares pays dont j'ignore l'existence, le cinéma indépendant est mort. Les producteurs de films appartiennent aux mêmes groupes multinationaux que les propriétaires des salles de cinéma, des chaînes de télévision et des publicitaires. C'est la même machine qui conçoit, fabrique, distribue et fait la promotion. Sans parler des journaux où de soi-disant critiques vont faire l'apologie d'un produit merdique pour éviter de perdre leur place. Le documentaire n'est pas commercialement intéressant. Il coûte cher et ne rapporte rien sauf de rendre les gens moins idiots, ce qui n'est franchement pas dans l'intérêt du fabricant de soupe.

Dans le public, les questions commencèrent à fuser, l'échange à s'engager. Le documentaire n'était peut-être pas si mort que ça.

À la fin du débat, Caleb s'approcha du réalisateur en colère et se présenta.

– Carey Bleichman, Epikur Productions. Est-ce que je peux vous parler pendant quelques minutes ?

Jack Bétille le toisa d'un air méfiant.

– Vous travaillez pour qui ? monsieur Bleichman.

– Pour moi-même.

– De nos jours, c'est impossible.

– J'ai la chance d'avoir eu des parents prévoyants, dit Caleb avec un sourire. Ils m'ont laissé de l'argent et je le dépense comme je veux.

– Vous avez effectivement de la chance, estima Bétille, l'air peu convaincu.

– J'aimerais vous parler de Marina Wolfstein, poursuivit Caleb sur sa lancée. J'ai l'idée de faire un film sur sa vie.

Bétille secouait la tête avant même qu'il ait fini sa phrase. Il commença à s'éloigner.

– Faire du blé sur une tragédie humaine, très peu pour moi, monsieur Bleichman. Désolé, mais Marina était une amie.

– Et une sacrée professionnelle, acquiesça Caleb en lui emboîtant le pas. C'est la raison pour laquelle on l'a tuée, monsieur Bétille, et je veux retrouver les salopards responsables de sa mort.

Bétille s'arrêta net. Fixa Caleb, puis jeta un coup d'œil circulaire autour.

– Allons boire un café, monsieur… Bleichman ? proposa-t-il sur un ton d'interrogation exagérée. Je suppose que vous n'êtes pas producteur.

– Je pourrais l'être, répondit Caleb sans sourire. Le projet pourrait aussi être de terminer le dernier travail de Marina Wolfstein et de le diffuser.

Bétille ne répondit rien, le précéda à travers la foule jusqu'à un vendeur de boissons chaudes et de sandwiches installé un peu à l'écart de la cohue générale.

– Tina était plus qu'une simple réalisatrice, reprit-il à voix basse. Son travail tenait autant du journalisme d'investigation que de l'écriture documentaire. Elle avait tout un réseau de militants qui lui fournissaient des tuyaux, qui l'aidaient à accéder aux endroits interdits. Souvent, elle filmait dans la plus parfaite illégalité.

– Et dernièrement ? demanda Caleb. Sur quoi travaillait-elle ?

– Tout dernièrement, je ne sais pas. Tina ne parlait jamais de son travail avant d'avoir les images dans la poche. Cet été, elle m'a montré la copie de travail sur l'unité d'hydrogène de Rozenburg et les conditions aberrantes des employés. Avant même la sortie du film, les pouvoirs publics avaient rénové toute l'usine en un temps record. Ils n'ont pas osé virer les représentants syndicaux, tellement ils étaient de toute évidence en tort.

– Fraülein Wolfstein était très efficace, fit remarquer Caleb.

– Elle faisait peur à pas mal de monde. Dans la tuerie, c'est donc Tina qui était visée et pas Rolf ? Je me suis posé la question.

– À qui aurait-elle confié des détails concernant le travail en cours ? demanda Caleb en sirotant son café.

Jack Bétille sourit.

– À personne. Même Rolf ne savait pas la moitié des risques qu'elle prenait. Elle aimait ça ; les secrets, la mise en péril, l'aventure. Le rêve de participer à la construction d'un monde meilleur.

– Mais ces gens qui la renseignaient, qui la mettaient sur la piste des anomalies ? Elle devait bien leur parler du projet, non ?

Bétille haussa les épaules, visiblement déçu de ne pas pouvoir l'aider.

– Sans doute. Mais comment les retrouver ? Ce sont des associations de protection de l'environnement, des syndicalistes, des militants écologistes isolés et souvent en position difficile. Ils ne veulent pas perdre leur boulot. Ils donnaient des informations à Tina, et si le sujet lui paraissait important, elle fonçait. Mais elle les protégeait aussi. Jamais un nom sur le générique si ça risquait de créer des problèmes, des voix off maquillées, vous voyez le genre.

Il termina son café, secoua la tête dans un geste d'impuissance.

– Désolé, je ne vois vraiment pas comment vous aider.

Caleb lui tendit une carte, ne cachant pas sa déception.

– Si jamais une idée vous vient, vous pourrez me joindre à ce numéro.

La carte disait Carey Bleichman. Epikur Productions. Jack Bétille la regarda longtemps, l'empocha, puis disparut dans la foule.

19

Rhéa Zauber laissa Inès et Liese devant la mine réjouie de Kléber et reprit le chemin de l'institut médico-légal. La veille, elle n'avait pas réussi à y entrer, mais elle espérait que le dimanche, la sécurité serait moins stricte.

Elle n'avait pratiquement pas dormi, avait passé la nuit à tourner dans sa tête les révélations d'Annette Wenders. Un pharmacien. Cela ne pouvait qu'être une référence à Termite Inc., mais comment amener l'équipe dans cette direction sans leur parler d'Ugo Mabian et de l'étrange message laissé dans le cerveau hypnotisé de la flic allemande ? Ugo affirmait n'être pour rien dans la mort de Pippa, mais alors pourquoi avoir essayé d'incriminer Caleb, à Lyon ? Pourquoi avoir pris la fuite ? Et comment entrer en contact avec lui ? Rhéa était décidée à laisser une chance à Ugo, mais en le faisant, elle mettait en péril l'existence d'Epicur.

Le service de médecine légale se trouvait à la Charité, au quatrième étage d'un bâtiment qui semblait dater du Moyen Âge, juste à côté des bureaux de l'intendance et des réserves de matériel médical. Rhéa poussa les portes battantes, et un jeune homme en blouse blanche assis devant un bureau leva le nez d'une liasse de papiers qu'il étudiait avec concentration.

– Bonjour.

Rhéa sourit. Son meilleur sourire.

– Je suis le docteur Zanussi, dit-elle, comme si cela expliquait tout.

Regard d'incompréhension de la part du jeune homme.

– L'experte, ajouta-t-elle avec la même expression navrée.

Incompréhension *bis*.

– Pour les cadavres des terroristes.

Le jeune homme ouvrit la bouche puis sembla se rendre compte qu'il ne savait pas quoi dire et la referma.

– Quels terroristes ? finit-il par demander.

Rhéa hocha la tête, transféra le poids de son corps sur l'autre pied, et affirma :

– Je ne suis pas au bon endroit.

– Cela dépend de l'endroit où vous devez être, répondit le jeune homme avec un sourire.

– Ce serait peut-être mieux que je reprenne tout depuis le début, proposa-t-elle. Je m'appelle Régine Zanussi, docteur en médecine, directrice du service de médecine légale de l'hôpital Schröder de Bonn et experte auprès de la cour européenne. Étant donné la pression médiatique et internationale faite autour du double suicide des assassins du couple Bauer/Wolfstein, on m'a demandé de revoir les rapports d'autopsie et les corps eux-mêmes afin de donner une opinion d'experte à la cour.

Elle s'interrompit, leva le regard pour le fixer, mesurer l'effet sur le jeune homme de l'annonce de sa compétence. As-tu peur des femmes intelligentes, jeune homme en blouse blanche ?

– Et vous voulez donc que je vous montre les corps ? demanda-t-il avec un léger sourire.

– Voilà.

– Ainsi que les rapports d'autopsie ?
– C'est ça, oui.
– Uniquement à cause de vos beaux yeux ?
Rhéa se permit un éclat de rire. Non, le JH en BB ne craignait pas la joute intellectuelle. Tant mieux.
– J'ai des papiers qui attestent de mon identité et de mes compétences, ainsi qu'un ordre de mission de la cour européenne de justice, affirma-t-elle. Mais si vous voulez vous contenter de mes beaux yeux…
– Un tué-par-balle à qui il manque la moitié du crâne because balle explosive, un tué-par-dérivé-de-cyanure, drogue synthétique et néanmoins très, très létale, annonça le JH. Une petite merveille qui s'attaque simultanément au système nerveux central et au fonctionnement musculaire, les impulsions nerveuses s'interrompent, le tissu musculaire se relâche en bloc, le cœur s'arrête et le cerveau s'éteint. Temps entre la prise du produit et la mort : quatre secondes. Jolie bête, non ?
Rhéa acquiesça prudemment, attendit que le JH en BB se lève.
– On y va ? proposa-t-il.
Le travail avait été bien fait, les corps ouverts, les organes pesés, les poids et conclusions soigneusement notés dans le rapport, rien à redire. Pour Reiser, les dégâts et la raison du décès étaient si évidents qu'on pouvait se demander s'il était nécessaire de procéder à l'examen minutieux demandé par une autopsie, néanmoins le médecin légiste avait consigné un certain nombre d'informations qui firent froncer les sourcils à Rhéa.
– Du Songezépam dans le foie ?
– Effectivement.
– Et dans le sang ?
– Non.
– Ce qui veut dire une consommation régulière mais pas récente, murmura Rhéa.

– J'ai également fait analyser les cheveux, affirma le jeune homme.

Rhéa se tourna vers lui.

– Parce que c'est vous qui... ?

– Docteur Hans Niemer, chef de la section de médecine légale, se présenta-t-il avec un large sourire. J'ai toujours eu du mal à me faire prendre au sérieux.

– On vous donne à peine l'âge d'avoir terminé vos études, acquiesça Rhéa.

– Je pourrais vous retourner le compliment.

– Et l'autre cadavre ? demanda-t-elle afin de les ramener sur un terrain professionnel.

– Même chose, confirma Niemer. Jusque dans les cheveux.

– Nos deux terroristes s'adonnaient aux joies d'un puissant hypnotique utilisé en psychiatrie sur des patients violents, résuma Rhéa. J'ai du mal à faire cadrer ça avec le meurtre politique. Et encore moins avec le suicide.

– Entièrement d'accord avec vous, répondit le pas si jeune homme.

*

Annette Wenders dormait quand Kurt entra dans la chambre d'hôpital. Il fut surpris par l'aura de fragilité qui se dégageait de la jeune femme. Rhéa avait refusé de parler de la séance d'hypnose de la veille, brandissant comme écran le secret médical et l'absence de liens entre les événements de la nuit de jeudi à vendredi et leur enquête.

– Ce n'est qu'une coïncidence, alors, que l'officier de police qui nous a contacté disparaisse pendant la moitié de la nuit et réapparaisse au petit matin dans une chambre d'hôpital ? avait-il demandé.

– Oui.

– Très bien.

Annette ouvrit les yeux, sembla surprise de le trouver là.

– Je ne pensais pas vous revoir, dit-elle, la voix pâteuse.

– Pourquoi ? Parce que vous ne détenez pas le secret qui permettra de résoudre toute l'enquête ? demanda-t-il doucement. Vous me connaissez mal, Annette.

– Je ne vous connais pas du tout, répliqua-t-elle. Ce n'est pas parce que je ressemble à quelqu'un que vous avez connu que je suis cette personne-là. Surtout qu'elle est morte.

Kurt la fixa, ne sachant que dire. Comment le savait-elle ? Rhéa, bien sûr. Et de quoi avait-elle parlé d'autre, la psychiatre qui semblait doser le secret médical comme certains leur facture : à la tête du client ? Avait-elle également évoqué le fait que le responsable de l'enquête avait un passé adolescent politiquement trouble ?

– Je sais faire la différence entre une personne réelle et un fantôme, dit-il d'un ton amer.

– Dans ce cas, vous avez de la chance, murmura Annette avec un regard lointain. Moi, j'avais beau vivre avec un fantôme, je ne le voyais pas.

– Peut-être parce que vous n'en aviez pas envie, dit-il doucement. Ou alors parce que ce n'était pas un fantôme après tout.

– Qu'importe ? dit-elle en haussant les épaules. Votre collègue vous a expliqué ?

– Expliqué quoi ? demanda Kurt prudemment.

– Pour jeudi soir. Ce qui m'est arrivé.

– Non, répondit-il. Secret médical.

– Eh bien, je me suis bourré la gueule à la vodka et évanouie dans le parc, affirma-t-elle lentement. La personne qui compte le plus au monde pour moi venait de me lâcher professionnellement et personnellement.

– C'était sans doute une assez bonne raison pour se bourrer la gueule, soupira-t-il. Quand est-ce qu'on vous laisse partir ?

– Ce matin. La vie continue, pas vrai ?

– Jour après jour. Je peux vous ramener chez vous ?

Annette poussa un rire amer.

– Je ne suis même pas sûre de vouloir rentrer chez moi, murmura-t-elle.

– Ailleurs, alors. Boire un café. Manger des crêpes…

– Des crêpes ?

– Comme dans les films américains, confirma Kurt avec un grand sourire.

– Avec du sirop d'érable ?

– Tout ce que vous voudrez.

Faisant preuve d'un sens du timing assez lamentable, le communicateur de Kurt se mit à sonner. Il décrocha en poussant un juron.

– Kurt, on a réussi à visionner les dernières images filmées par Marina Wolfstein. Il faut que tu voies ça. Enfin, Inès a réussi, à vrai dire. Sans elle, on était dans la panade.

Kurt hésita, regarda Annette, revint à l'image de Liese sur l'écran.

– D'accord, on arrive.

Puis il coupa avant que la physicienne ait le temps de l'interroger sur l'identité de « on ». Il se tourna vers Annette.

– Changement de programme. On prendra des pâtisseries en route, il y a une cafetière dans l'appartement d'Inès, mais pour les crêpes, c'est loupé.

– Attendez, je n'ai rien à voir avec votre enquête, s'écria l'Allemande en levant une main en signe de protestation.

– Vous êtes à l'origine de notre enquête, lui rappela Kurt en secouant la tête. Il n'y a aucune raison qui m'empêche de continuer à vous y impliquer.

– Tout le monde risque de n'être pas du même avis, estima-t-elle.

Il fut surpris.

– Qu'est-ce qui vous fait dire ça ?

Mais visiblement, elle n'avait pas l'intention de pousser la question plus loin.

– Rien.

Quand ils arrivèrent à l'appartement de Ludwigkirchstrasse, un parfum de café les accueillit depuis l'escalier. Kurt fit les présentations à Inès et Liese qui regardèrent la jeune Allemande avec un étonnement non dissimulé.

– Je sais, reconnut-elle, un peu gênée. Je ressemble à quelqu'un que vous avez connu. Je suis désolée.

Inès sourit, lui fit signe de prendre place dans l'un des fauteuils.

– Installez-vous. C'est bien que vous soyez venue, vous pourrez certainement nous aider.

Liese Ruhlsten ne dit rien, détailla la jeune femme d'un regard glacé, puis reprit son examen de l'écran de l'ordinateur.

– On dirait un laboratoire de chimie, dit-elle en se tournant très légèrement vers Kurt. C'est plus ton rayon que le mien.

Il s'approcha de l'écran, conscient de la présence d'Annette dans son dos, désireux de lui prouver sa compétence. T'es stupide, mon pauvre Kurt, elle n'aime pas les hommes. Oui, mais peut-être que pour moi, elle fera une exception.

– C'est un laboratoire pharmaceutique, affirma-t-il au bout de quelques secondes. Là-bas, dans le coin, vous avez un dispositif de mesure, et au premier plan la chaîne de fabrication. Par contre, il n'y a aucun instrument d'expérimentation.

– Tu veux dire qu'ils sont en train de fabriquer des médicaments ? demanda Inès d'une voix étonnée. Habillés comme ça ? On dirait plutôt des types qui manipulent des maladies mortelles.

– La matière première de certains médicaments peut être dangereuse, confirma-t-il. C'est une question de dosage.

Mais il y avait effectivement quelque chose d'anormal chez les manipulateurs masqués et vêtus de combinaisons protectrices. Une surabondance de sécurité, en fait. Inès avait raison : c'était beaucoup de protection pour de simples médicaments.

Annette fronça les sourcils.

– C'est bizarre, j'ai l'impression que je devrais me souvenir de quelque chose.

– De quelque chose comment ? demanda Kurt d'une voix tendue.

– Quelque chose que Peter Knass a dit au sujet d'un pharmacien. J'ai l'impression que c'était une information importante, mais je n'arrive pas à me rappeler quoi.

20

La salle du restaurant La Petite France, Knobelsdorff-strasse, était chaude et accueillante. Elle contrastait d'autant plus évidemment avec l'ambiance entre les membres d'Epicur : triste tendance morose.

Enrico avait envie d'être à peu près n'importe où dans ce monde sauf dans un restaurant avec ses collègues d'Epicur. Il avait passé le déjeuner et l'après-midi en compagnie de Susie Donner, et nageait dans une boue tiède de sentiments contradictoires. Envie d'elle, de la compagnie jusqu'alors fuie d'une amante, d'explorer cette nouvelle facette de lui-même opposée à l'envie de redevenir comme avant ; d'être dans les bras d'un homme, dans des contrées connues, familières, sur des sentiers déjà maintes fois parcourus.

– On piétine, dit-il en réponse à une question plutôt vague de Kurt Hauser. On connaît le nom du juge, on connaît les flics, leur brigade, leur unité, mais rien, a priori, ne lie tout ce beau monde à Knass et Reiser. Je ne peux pas me pointer devant le juge Schnabel et lui intimer de m'expliquer les raisons qui l'ont poussé à engager la brigade financière sur une enquête pour meurtre. Parce qu'il va me donner une dizaine de justifications, toutes parfaitement plausibles. On n'arrive pas à son niveau de compétence sans savoir couvrir ses arrières. Il va me falloir quelque chose de concret avec lequel le déstabiliser si je veux apprendre quoi que ce soit.

– Et Woodworm n'a rien donné, reconnut Kurt avec un soupir.

– Moi, j'ai pensé à quelque chose, intervint Liese d'une voix songeuse. Je suis peut-être en plein délire, et je n'ai absolument aucun fait concret pour soutenir mon hypothèse, mais voilà, je vous le livre quand même : Premier obstacle, on n'arrivera pas à identifier à partir de ses images l'endroit où Marina Wolfstein a tourné, à moins de rendre visite à tous les labos de la région. Kurt, tu prétends que c'est un laboratoire de fabrication pharmaceutique, mais il y en a combien dans le coin ? On sait juste que la boîte ne peut pas se trouver très loin de la ville puisque, selon l'horloge de la caméra, les images ont été tournées autour de dix-huit heures et qu'à dix-neuf heures trente, Marina était de nouveau dans sa chambre d'hôtel.

– Où veux-tu en venir exactement ? coupa Kurt d'un ton agacé.

– Putain, mais tu me laisses parler, oui ?

Elle n'avait sans doute pas voulu crier, ne faisait probablement qu'exprimer la tension qu'ils ressentaient tous. Mais l'effet de la voix levée de Liese dans ce petit restaurant était comme une bombe. Il s'ensuivit un silence gêné. Puis les conversations alentour reprirent timidement.

– Continue, murmura Kurt, en regardant ses pieds.

– Désolée, je suis un peu à cran, souffla Liese.

– Nous sommes tous un peu à cran, affirma Enrico en reprenant la parole. Mais je crois comprendre où Liese veut en venir. Petit insecte vivant en groupe social complexe avec une méchante tendance à réduire en poussière les belles constructions d'autrui, c'est ça ?

La physicienne suédoise le gratifia d'un grand sourire, et Enrico soupira intérieurement. Il ne comprenait pas bien la tension soudaine entre Kurt et Liese, mais il lui semblait qu'une explosion atomique avait été évitée de justesse.

– Exactement, cher maître.

Enrico jeta un coup d'œil circulaire autour de la table. Rhéa hochait la tête, un presque sourire sur les lèvres malgré son regard qui semblait ailleurs. Inès aussi avait compris. Le suicide de son ex-compagnon/professeur n'avait pas entamé son intelligence.

– Ant Chemicals, affirma Enrico en voyant les autres raccrocher les wagons. Partir de l'hypothèse qu'on se retrouve, une fois n'est pas coutume, devant notre adversaire préféré.

– Ici ? demanda Kurt, à moitié convaincu.

– Pourquoi pas ? intervint Liese. Ameise Chemie GmbH, ça existe, non ?

– Oui, bien sûr, mais…

Sans doute ne savait-il pas ce qu'il voulait vraiment dire, ou alors n'osait le faire. Nous, les Allemands, on ne ferait pas ça ? Un sursaut de fierté nationale, le désir de protéger ses compatriotes ? Enrico n'aimait pas la manière dont Kurt Hauser avait rejoint l'unité Epicur, ses motifs personnels qui prenaient le dessus à chaque fois, et il commençait à sentir qu'il n'était pas le seul.

– C'est un peu gros de se retrouver systématiquement en face du même adversaire ? suggéra-t-il pour aider Kurt. Oui et non. Infiltrer une organisation comme Europol n'est pas non plus à la portée du premier venu, et ceux qui ont assassiné Bauer et Wolfstein jouissaient d'un soutien total d'une partie de la police berlinoise.

– Un de ces jours, ils serait peut-être utile de s'attaquer à la tête de l'hydre, suggéra Caleb d'une voix blanche.

Rhéa haussa les épaules.

– Oui, sauf que nous ne sommes pas des justiciers. Nous n'intervenons pas sans une enquête précise à mener. Et la tête de l'hydre, comme tu l'appelles, est malheureusement hors de notre juridiction.

Caleb lui sourit.

– Je sais. C'était juste un rêve.

– Il faudrait mettre Tommy sur le coup, intervint Enrico pour ramener la question à un point abordable dans l'immédiat. Lui demander de trouver toutes les succursales berlinoises d'Ameise. Les laboratoires sous contrat. Essayer de recouper des liens entre les directeurs des laboratoires et les flics d'ULTIM.

– Et s'il ne trouve rien ? demanda Kurt.

Enrico sentit monter en lui le même genre d'irritation qui avait provoqué l'explosion de colère de Liese quelques minutes plus tôt.

– L'une des forces d'Epicur, dit-il très fermement, est qu'aucune piste n'est négligée. Nous sommes suffisamment nombreux et autonomes pour pouvoir avancer sur plusieurs pistes en même temps. Avancer sur Ameise ne veut pas dire qu'on néglige le reste. Tu en est où, Caleb, à propos, avec Marina Wolfstein ?

– C'était une jeune femme militante, efficace et terriblement secrète, affirma-t-il sur un ton de fatigue. J'ai passé ma journée à interroger des personnes qui l'ont connue, de près ou de loin ; des collaborateurs proches jusqu'aux diffuseurs lointains, et tous m'ont affirmé la même chose : Marina ne parlait jamais d'un travail en cours. Personne ne sait sur quoi elle enquêtait. Personne que j'ai pu rencontrer, en tout cas.

– Et le flacon de shampooing ? demanda Enrico.

Liese haussa les épaules.

– Pour autant que nous puissions en juger, ce n'est qu'un banal flacon de shampooing.

– Sauf que le joint du plastique a été refait, précisa Rhéa.
– Peut-être que la brigade financière est arrivée avant nous ? suggéra Inès.
Liese soupira.
– Alors je n'ai plus qu'à y retourner.

*

Après le dîner, ils se replièrent collectivement dans l'appartement-pension où logeaient Caleb, Rhéa et Inès. Kurt installa l'écran pliable de son micro-portable sur la table basse de manière à inclure Tommy dans le débat. Il ne put s'empêcher de froncer les sourcils en voyant Rhéa sortir une bouteille de whisky et verser d'office à Inès une large mesure avant d'en proposer aux autres. À quoi jouait-elle ? Rhéa savait parfaitement bien que l'Espagnole ne buvait jamais.
Comme pour lui donner tort, Inès avala la moitié de la dose en une gorgée.
– Ça y est, tu te mets à l'alcoolisme mondain, toi aussi ? ne put-il s'empêcher de demander.
Inès le fixa sans comprendre.
– L'alcool perturbe notre vision du monde, expliqua-t-il. Et je suis obligé de constater que son utilisation est de plus en plus fréquente au sein d'Epicur.
– Et alors ? intervint Rhéa avec une colère qu'il ne lui avait jamais vue. Epicur n'est pas une religion, Kurt, on ne fait pas vœu d'abstinence en signant le contrat. On s'engage à faire notre travail du mieux que nous pouvons, et dans certains cas, l'effet désinhibant de l'alcool contribue à ce mieux. D'ailleurs, si tu buvais un coup de temps en temps, tu ressemblerais peut-être plus à un être humain et moins à un putain de robot ! Décoince, bordel ! Tu me fatigues.

Il fut sur le point de lui dire qu'il n'était pas non plus là pour lui plaire, mais l'intervention de Tommy le priva d'une riposte.

– Oh, là, doucement, les enfants ! L'heure des règlements de comptes n'a pas encore sonné. D'abord le boulot, ensuite les reproches. Et Inès sera encore plus belle avec le nez tout rouge.

Un rire collectif donna à Kurt, et pas pour la première fois, l'impression d'être exclu d'une plaisanterie commune, d'être exclu pour une raison qu'il ne comprenait pas. Ce n'était pas juste un sentiment de malaise parce qu'il était nouveau, l'impression de manquer des repères créés par un passé commun. Non, il était délibérément maintenu à l'écart. Les autres étaient en possession d'informations qu'il ignorait.

– De toute manière, poursuivit Tommy, ce n'est pas Inès qui va aller jouer les cambrioleuses cette nuit. Elle peut donc se détendre.

– Tu as quelque chose sur Ant ? demanda Enrico.

L'Italien agissait comme un chien de berger, se dit Kurt. Toujours à l'affût d'une brebis qui s'éloignerait du groupe. D'ailleurs qu'est-ce qu'ils avaient tous à protéger Inès comme si elle risquait à tout moment de partir en morceaux ?

– J'ai obtenu un certain nombre d'informations intéressantes, dit Tommy avec un large sourire.

Aujourd'hui, il avait les dents de la même couleur que ses iris : vert pomme. C'était particulier. Kurt continuait de ressentir un léger haut-le-cœur chaque fois qu'il contemplait le gnome qui leur servait de supérieur. Il n'arrivait pas à s'y faire : ce type n'était pas sérieux.

– Premièrement, le juge dont le lieutenant Donner nous a fourni le nom, Hans Schnabel, apparaît très souvent dans les enquêtes de la brigade financière et particulièrement de l'unité ULTIM.

– Ce n'est peut-être pas inhabituel, estima Enrico. Depuis la réforme de la législation européenne de 2011, les procureurs ont tendance à affecter à la tête d'une enquête le magistrat le plus compétent en ce domaine. La justice est souvent une question de points de comparaison, et dans ce cas, nommer le même juge pour le même genre d'affaire semble tout à fait logique.

Tommy fronça son nez bulbeux.

– Ce que j'aime chez toi, amigo, c'est le profond respect que tu manifestes pour les connaissances d'autrui. Ce que tu dis est absolument correct, mais je le sais. Si tu m'avais permis d'aller au bout de mes explications, tu m'aurais entendu affirmer qu'un très grand nombre de ces dossiers se terminent par un constat de non-lieu.

Enrico souriait. Il se moquait éperdument des reproches de Tommy. Pourquoi Kurt ne pouvait-il pas réagir de la même manière ?

– Là, effectivement, c'est beaucoup moins normal, reconnut-il.

– Sur quatre-vingts plaintes au cours des cinq dernières années, seulement dix-sept ont été jugées, poursuivit Tommy.

– Et aucune de celles-ci ne concernait une usine de produits pharmaceutiques ? demanda Liese avec un sourire mutin.

– Non, effectivement.

– Je n'ai trouvé aucune affaire concernant un laboratoire de fabrication médicamenteuse, renchérit Enrico, l'expression tendue. De toute façon, ils sont tous sous contrat avec l'Europe, et avec les nouvelles lois sur les médicaments non remboursables, ils n'ont pas intérêt à faire des vagues.

– Pourquoi ? demanda Liese, étonnée.

– L'Europe commence à déclasser un certain nombre

de médicaments de manière à alléger les systèmes de sécurité sociale, répondit Caleb. Ça se fait un peu à la tête du client, ajouta-t-il avec un sourire dépité.

– Il y a des raisons médicales aussi, ne put s'empêcher d'ajouter Kurt. Le gouvernement européen tente de réduire la consommation de médicaments inutiles.

– Non, malheureusement ce n'est pas le cas, dit Caleb avec un mouvement de tête négatif. Ça, c'est du discours pour faire passer la pilule. En fait, le gouvernement s'en fout que les gens soient malades ou pas, il veut juste que ce soit eux qui financent leurs soins plutôt que lui.

– BREF ! hurla le gnome. Il existe à Berlin six usines chimiques spécialisées dans la fabrication pharmaceutique. Quatre d'entre elles appartiennent à Ameise Chemie GmbH. Et maintenant, on fait quoi ?

21

– Je suis désolé, dit Caleb en fixant Rhéa dans les yeux. C'est peut-être vieux jeu de ma part, mais je veux vivre avec toi.

– Pourquoi, Caleb ? s'écria l'Anglaise en levant les yeux au plafond. On n'est pas bien, comme ça ? On se voit quand on en a envie, on ne pèse pas dans la vie l'un de l'autre, et du coup, quand on est ensemble, c'est fort. Que veux-tu de plus ?

– Du temps, affirma Caleb. Encore plus de temps. Du quotidien.

– Pour quoi faire ?

Il haussa les épaules.

– Rien. N'importe quoi. La cuisine, les courses.

– J'aime faire la cuisine seule.

– Je croyais que tu n'aimais pas faire la cuisine du tout.

– C'est vrai. Mais les rares fois où j'ai envie de faire la cuisine, j'aime mieux être seule. Vraiment.

Avant que l'économètre puisse attaquer sur un autre front, son communicateur se mit à sonner. Il décrocha, inquiet.

– Monsieur Bleichman ? Jack Bétille à l'appareil. Je pense que nous devrions nous voir.

– Bien sûr, acquiesça Caleb en maudissant un travail qui pouvait le rattraper à n'importe quel instant. Quand ?

– Maintenant. Je suis au bar du Grand Hyatt.

– Très bien. J'arrive.

Il raccrocha et se tourna vers Rhéa.

– Et voilà ! Ton vœu est exaucé. Tu restes seule.

– Je n'ai pas dit que c'était ce que je voulais tout le temps, se défendit-elle en souriant.

Mais Caleb avait perdu son sens de l'humour.

Il était minuit passé. Kurt était parti accompagner Liese dans les locaux de la brigade financière. Inès était allée se coucher, assommée par un somnifère que Rhéa lui avait donné. Enrico les avait quittés tôt en prétextant une fatigue qui ne se voyait pas. Au contraire, l'Italien avait l'air en pleine forme. Mais Caleb se retrouvait seul.

Il prit un taxi. La température, si possible, était encore descendue depuis la veille. Comment expliquer que toutes les enquêtes Epicur auxquelles il avait participé se déroulaient par grand froid ? Non, il était injuste : à Londres, il avait fait beau.

Jack Bétille lui fit signe de loin. Le cinéaste avait l'air vaguement éméché. Le regard tendre, le sourire mou, il mima à Caleb de venir prendre place à une table où trônait une bouteille de whisky aux trois quarts vide. Il y avait un deuxième homme à la table.

– On va parler en français, annonça Bétille dès qu'il fut assis. Monsieur Bleichman, je vous présente quelqu'un qui a des informations concernant le travail récent de Marina Wolfstein, reprit Bétille d'une voix pompeuse. Monsieur le juge, voici l'homme dont je vous ai parlé.

Caleb faillit recracher la gorgée de Schweppes qu'il venait d'avaler après avoir fermement refusé le whisky, même 15 ans d'âge. Il réussit à déguiser sa surprise en maladresse et demanda bêtement :

– Vous faites partie des juges du festival ?

L'homme le toisa d'un regard plutôt inamical. Il était trapu et lourd. Sans être vraiment gros, il avait les traits ramollis par un excès de poids. Il avait surtout l'air triste et fatigué, comme à la fin d'une longue course quand on n'est même pas parmi les vainqueurs.

– Je suis juge d'instruction, dit-il d'une voix profonde et sensuelle qui semblait déplacée chez un homme aussi laid.

– Ah, dit Caleb, puis il attendit.

– M. Bétille m'a dit que vous cherchiez des informations concernant Marina Wolfstein, poursuivit le juge. Dans quel cadre, exactement, monsieur Bleichman ?

Caleb regretta de s'être montré aussi franc avec le réalisateur français. Il avait cru qu'en créant une intimité, il le pousserait à parler, mais Bétille ne savait rien. Par contre, il avait pu raconter à peu près n'importe quoi au juge.

– Pour faire un film, répondit-il en souriant. C'est pour cela que nous sommes tous ici, non ?

– Monsieur Bleichman, je serai peut-être en mesure de vous aider dans votre recherche, continua le juge sur le même ton. Mais j'exige une immunité totale. Si je vous donne des informations, vous devez me protéger. Je ne veux pas aller en prison et je ne veux pas mourir d'une balle dans la nuque.

— Je pense que vous vous êtes trompé de personne, dit Caleb sans se départir de son sourire. Je n'ai pas les moyens de protéger qui que ce soit, monsieur…

– Je crois que si, monsieur Bleichman, affirma le juge en le fixant dans les yeux. Si vous voulez passer des coups de fil, surtout n'hésitez pas. J'attendrai.

– Je suis désolé, dit Caleb en se levant, mais je ne comprends rien à votre histoire. Je suis producteur, pas espion. Bonne nuit, messieurs.

*

– Bon, je laisse mon communicateur branché en mode caméra, d'accord ? répéta Liese. Mais surveille le dehors, surtout. C'est d'ici que viendra le danger.

Kurt soupira bruyamment. Il n'aurait jamais dû lui avouer l'admiration qu'il portait à ses travaux ; la voilà maintenant qui le prenait pour son élève.

– Je sais tout ça, dit-il d'une voix lasse. Au cas où le fait t'aurait échappé, c'est moi qui dirige cette opération.

– Dirige l'opération ! répéta Liese d'un ton moqueur. On dirait un gamin qui joue à la guerre. C'est sérieux, Kurt. Quatre personnes sont mortes.

– Cela aussi, je le sais. Alors si tu arrêtais de me donner des leçons et allais faire ce pour quoi on est ici ? Remettre les affaires en place et fouiller dans les dossiers ?

– Tu ne veux pas me rappeler le nom des laboratoires pharmaceutiques pendant que t'y es ? railla-t-elle. Des fois que j'aurais oublié ?

– Beck, Farma, Zeit et Schöring-Flüss, tous appartenant au groupe Ameise Chemie GmbH, lui-même faisant partie de la multinationale Termite Chemicals Inc., récita-t-il obligeamment.

Mais Liese s'éloignait déjà vers la porte principale du Polizeipräsidium sans attendre qu'il ait fini. Il regarda l'écran de son communicateur, vit l'accueil, une main de femme tendre une carte d'identité à l'agent derrière le bureau qui lui fit signe de prendre l'un des ascenseurs. Liese était censée venir voir l'une des prostituées arrêtées dans une rafle. Puis l'écran s'approcha des portes métalliques. Liese avait accroché son communicateur à sa ceinture, le meilleur endroit pour donner une vue d'ensemble sans attirer l'attention.

Kurt se frotta les yeux. Il aurait préféré être chez lui en ce moment. Il avait laissé Annette Wenders endormie dans son lit.

Elle était la première femme à dormir chez lui. La première personne à part lui-même et sa mère à être restée plus que quelques minutes dans l'appartement. Et cela s'était fait de manière tellement naturelle ! Il n'en revenait pas. Parfois, il regardait Annette et se retrouvait brusquement projeté dans le passé. La mort de Pippa, son embauche par Epicur, tout cela avait été un cauchemar dont il venait de se réveiller.

Annette Wenders n'était pas Pippa. Mais le jeu de faire « comme si » l'amusait.

Au coin de la rue, un vendeur de Curry-Würste semblait avoir du fil à retordre avec deux jeunes. Kurt jeta un coup d'œil à son communicateur. Liese se trouvait devant la porte en verre, sortait la clef électronique Sezam. De toute façon, elle n'avait pas besoin de lui. Elle n'avait pas cru bon lui demander de l'aide pour venir chercher les affaires de Wolfstein, il ne voyait pas pourquoi il lui fallait quelqu'un au moment de les remettre en place. Comme si elle sentait qu'il avait envie d'aller retrouver une autre femme, et le retenait auprès d'elle exprès.

Liese Ruhlsten jalouse ! C'était une éventualité qu'il n'avait pas imaginée, mais pourquoi pas ? Cela expliquerait sa soudaine agressivité, la froideur avec laquelle elle avait accueilli Annette. Kurt n'avait pas vraiment faim, mais il avait froid. Une saucisse chaude serait la bienvenue.

– Un Curry-Wurst, s'il vous plaît. Et un café.

Sa présence eut l'effet escompté : les deux jeunes s'éloignèrent.

– Petits cons, murmura le vendeur avec mépris. C'est facile d'aller à deux emmerder un type tout seul bloqué dans son stand. Plus personne ne leur apprend le respect.

– Ça vous arrive souvent ? demanda Kurt.

Le vendeur haussa les épaules, lui tendit ses consommations.

– De temps en temps. De toute manière, y a pas de remède pour la connerie humaine. Huit euros.

Dans leur dos, un avion amorçait sa descente vers l'aéroport, lumières clignotantes et réacteurs poussés à fond. Pendant un instant, le bruit coupa court à toute tentative de conversation. Kurt en profita pour payer et s'éloigner. Il n'était pas d'humeur à écouter la philosophie d'un marchand de saucisses.

Il reprit son poste devant le commissariat central. Dépêche-toi, Liese, je n'ai pas que ça à faire. Étrange sensation de savoir que quelqu'un vous attend à la maison.

Kurt termina la saucisse, but le café, déposa les récipients dans une poubelle, puis s'essuya les doigts avant de reprendre son communicateur.

Il ne comprit pas l'image. Elle lui semblait tout de travers. Puis il reconnut l'intérieur d'un ascenseur. Parfait. Liese avait dû trouver ce qu'elle cherchait, il pouvait rentrer chez lui. Elle avait dû s'appuyer contre la paroi de côté, ce qui expliquait cette image en diagonale. Il avait laissé un plateau repas dans la cuisine pour Annette. Rien de très compliqué : de la viande froide, du pain, du beurre, des cornichons. Et du lait. Annette ne risquait pas de reprendre une cuite chez Kurt. C'était un appartement sans alcool.

Les portes de l'ascenseur s'ouvrirent devant le communicateur de Liese, et la Suédoise avança le long d'un couloir, passa une autre porte et se retrouva dehors.

Kurt se retourna, s'attendant à la voir descendre les marches, mais il n'y avait personne. Il fronça les sourcils, regarda de nouveau l'écran. Liese se trouvait à présent sur un parking, devant une voiture. La portière s'ouvrait, Liese se penchait, montait dans le véhicule…

Et Kurt regardait. Refusant de croire ce que ses yeux lui montraient pourtant sans ambiguïté. Liese s'était faite surprendre pendant qu'il mangeait son Curry-Wurst. Et merde !

Le cerveau engourdi, il était incapable de réfléchir, incapable de réagir. Presque automatiquement, sa main fit le numéro d'Enrico. Cette fois, il avait vraiment besoin d'aide.

22

Le portable de Rhéa sonna au moment où elle s'apprêtait à quitter la pension pour aller rejoindre Hans Niemer, médecin légiste à la Charité. Pour commencer, elle n'entendit que le bruit d'une voiture, puis la voix de Caleb au loin :

– Continuez jusqu'au coin de la rue, puis garez-vous derrière la 709. Police. Rhéa ? Les choses se bougent.

Il lui résuma brièvement la situation, la rencontre, la proposition de collaboration.

– C'est lui, c'est le juge Schnabel, Tommy m'a envoyé son portrait sur le communicateur. Je vais suivre cet enfoiré, maintenant que j'ai rejeté son offre, il ira faire son rapport aux autres, et on saura où ce beau monde se loge.

Rhéa prit une profonde inspiration. Ce n'était pas exactement de cette manière qu'elle avait projeté de passer la nuit.

– Tu ne vas pas le suivre en taxi, c'est un peu voyant, non ?

– On n'a pas non plus le temps de louer une voiture, fit-il remarquer.

Rhéa réfléchit. Vite.

– J'ai une idée, affirma-t-il. Ne t'occupe pas de moi. Poursuis avec ton taxi, mais je serai dans le coin, et je reprendrai la filature si jamais tu te fais remarquer. Branche ton pisteur.

Les communicateurs fournis aux membres d'Epicur étaient également équipés d'un système de suivi par satellite. Rhéa pouvait repérer la position de Caleb sur son écran.

Ensuite, elle appela Hans Niemer.

– J'ai un petit contretemps. Ça te dirait de participer à une chasse à l'homme en temps réel ?

C'était totalement contre toutes les règles de fonctionnement d'Epicur, en violation complète avec le contrat et la clause de discrétion qu'elle avait signés, mais Rhéa n'était plus du tout certaine de vouloir contribuer au respect des règles. Ugo Mabian était tout près. S'il lui avait envoyé un message de cette manière-là, c'est qu'il avait besoin d'elle, de son aide.

Le visage du directeur de l'unité de médecine légale de la Charité parut, dissimulé derrière une casque de moto.

– Ça n'a pas l'air très légal, ta proposition.

Rhéa sourit.

– Légale, si. Réglementaire, non. Je t'expliquerai en route.

– Je t'attends en bas.

Rhéa coupa la communication, jeta un coup d'œil à Inès qui dormait dans la chambre à côté, et quitta l'appartement.

« Je t'expliquerai », avait-elle promis, mais qu'allait-elle lui expliquer au juste ? Qu'elle l'embarquait dans une enquête ultra-confidentielle aux côtés de son amant officiel dont elle n'avait pas jusque-là soufflé mot ? Ça faisait beaucoup de choses en même temps. Sans parler d'Ugo.

Elle coiffa le casque qu'il lui tendait, brancha le système intercom de manière à pouvoir lui parler, et se serra contre le dos orné de cuir du médecin.

– Hôtel Grand Hyatt.

– Tiens ! Encore ?

– Dans une enquête de ce genre, les événements ont souvent tendance à se rassembler autour d'un même point fixe, expliqua-t-elle. Certains essayent d'y voir la preuve d'esprits malfaisants ou de maisons hantées.

– Et toi ?

– Je ne crois pas aux fantômes, affirma Rhéa. Si tu pouvais aller un peu plus vite, ce serait parfait.

La moto fit une embardée en avant, et Rhéa faillit perdre le fil de son communicateur qu'elle essayait de brancher au casque. Elle fit une nouvelle tentative, réussit à appeler Caleb.

– Je suis à dix minutes de l'hôtel. Tu en es où ?

– Rien de nouveau pour le moment, mais il leur restait encore un quart de bouteille de whisky à finir. J'espère seulement que le juge n'a pas décidé de dormir sur place.

– Peu probable avec un domicile à Berlin ! s'exclama Rhéa.

– C'est juste. Mais tu es où ? demanda-t-il soudain en se rendant compte que l'image envoyée par le communicateur était fixe : une photo d'identité que Rhéa avait installée à la place de son personnage virtuel d'écolière dont elle avait fini par se lasser.

– Sur une moto, répondit-elle succinctement.

– Tu as trouvé une moto, comme ça, au milieu de la nuit ? s'étonna-t-il.

– J'ai embauché une aide extérieure, expliqua Rhéa. Un voisin a accepté de me servir de chauffeur pour l'occasion.

– T'es pas folle, Rhéa ? s'écria Caleb. Tu sais très bien qu'on ne peut pas faire ce genre de truc ! On n'a pas le droit d'impliquer des civils dans une enquête.

– Eh bien, trop tard, répondit Rhéa d'une voix mutine. J'ai cru qu'il valait mieux agir vite.

Caleb poussa un long soupir.

– J'espère que tu sais ce que tu fais, bougonna-t-il.

– Mais oui, le rassura Rhéa avec une confiance qu'elle ne ressentait pas. Il ressemble à quoi, ton Schnabel ?

– Pas ton genre.

– Et tu l'as laissé où ?

– Au bar. Petite table tout au fond.

– Je vais aller y jeter un coup d'œil, décida Rhéa. Tu vois l'entrée de l'hôtel d'où tu es ?

– Parfaitement.

– Appelle-moi s'il se passe quoi que ce soit avant que j'arrive.

Elle coupa la communication, rangea le petit appareil dans une des poches du blouson.

– Si je comprends bien, je suis promu au rang de voisin embauché pour l'occasion, murmura Hans Niemer.

Rhéa se mit à rire.

– C'est plus simple à expliquer, répondit-elle.

*

Ça faisait longtemps, très longtemps, toute une vie, qu'Enrico n'était pas allé dans une boîte gay, mais l'idée d'aller au *Connection* venait de Susie.

– Chez moi, ça craint un peu. Je suis en phase rupture irrattrapable.

Elle l'attendait dans le bar du fond.

– J'étais en train de me demander si tu viendrais, dit-elle en se poussant pour lui laisser une place sur la banquette.

– J'ai passé l'âge de jouer à ces conneries, affirma Enrico. Quand je ne veux pas, je le dis.

– Ce qui sous-entend que pour moi, tu veux bien ?

Il ne put s'empêcher de rire.

– Excuse-moi, Susie, j'ai un peu de mal à m'y faire, soupira-t-il. Mais, oui, pour toi, je veux bien.

– Quand ?

– Quand tu veux. Demain. Ce soir…

Son communicateur se mit à sonner. Bruyamment. Il décrocha pour se retrouver face à l'une des dernières personnes qu'il avait envie de voir. Kurt Hauser.

– Quelque chose a foiré, annonça l'Allemand d'une voix tremblante. J'ai perdu Liese, elle a été repérée et embarquée. Il faut que tu m'aides.

Enrico soupira. Dit un au revoir silencieux à sa première nuit d'amour hétérosexuelle.

– Tu es où ? demanda-t-il d'un ton froid.

– Devant le commissariat central.

– Tu as une voiture ?

– La mienne, oui.

– J'arrive.

Il se tourna vers Susie, mais elle semblait déjà avoir compris.

– Ton copain te rappelle à l'ordre ?

– Non, c'est le boulot. Je suis désolé.

– Pas grave.

Mais si, ça l'était. Il prit la clef de sa chambre dans sa poche et la lui tendit.

– Pension Bregenzer, la maison se trouve Bregenzerstrasse, numéro cinq. Chambre numéro cinq. Si tu veux bien m'y attendre, je reviendrai le plus vite possible. Sinon, tu laisses la clef dans la porte, je n'en ai qu'une. Je ne te promets pas d'heure, ça risque d'être long.

– Je peux te déposer quelque part ? demanda Susie en empochant la clef.

– Oui. Le Polizeipräsidium. Et ne pose aucune question, s'il te plaît.

– Je n'en avais pas l'intention, le rassura-t-elle.

Il retrouva Kurt, blême et frissonnant, en bas des marches. C'était étrange comment ce garçon, à peine sorti de formation, pouvait réunir autant d'arrogance et de peur panique. Ou alors les deux allaient de pair.

– Qu'est-ce qu'on t'a appris en simulation ? demanda-t-il, toujours furieux de la tournure qu'avait prise sa nuit.

Kurt secoua la tête.

– Je ne sais pas. Je ne sais plus.

– D'abord, on localise par satellite, soupira Enrico. Tu contactes Tommy qui entreprend de tracer le communicateur de Liese.

– Et pourquoi vous ne l'avez pas fait pour Pippa ? s'écria l'Allemand.

– Mais tu nous emmerdes avec ta Pippa ! répondit Enrico, laissant enfin libre cours à sa colère. Tu n'étais pas là, tu n'as rien suivi, et de toute façon, ça ne te regarde pas. Le communicateur de Pippa, c'est la première chose qu'ils ont jetée à l'eau, ajouta-t-il plus calmement. Ceux qui l'ont tuée savaient exactement qui elle était.

Il attendit pendant que le chimiste prenait contact avec leur chef d'unité qui, après avoir demandé des précisions et félicité Kurt pour son efficacité, l'informa de l'endroit où se trouvait Liese. Sinon Liese, au moins son communicateur.

– C'est dans la zone industrielle au nord-est de Berlin, dit le gnome. Allez-y, je vous guiderai une fois sur place.

– Ils sont quand même idiots, ces types, commenta Enrico en prenant place à côté de Kurt dans la Coccinelle III de l'Allemand. On aurait pu tourner en rond pendant des semaines et continuer à ne pas les trouver. Alors pour nous faciliter la tâche, ils enlèvent un de nos agents et le conduisent exactement à l'usine chimique que nous cherchons.

– Comment tu sais que c'est là ? demanda Kurt d'un ton boudeur.

– Réfléchis deux secondes. Où veux-tu que ce soit d'autre ? Ils n'ont pas trente-six locaux à leur disposition. Liese les avait déjà grillés chez les flics honnêtes, il fallait l'éloigner du commissariat central. Quel meilleur endroit pour un tête-à-tête que le labo de pharmacie ?

– Ça me paraît un peu trop évident, insista Kurt.

Enrico hocha la tête.

– C'est justement le problème avec toi. Tu cherches les difficultés où il n'y en a pas, et tu ne vois pas celles qui t'écrasent les orteils. Je me demande si tu es vraiment fait pour ce boulot, Kurt.

23

Liese Ruhlsten entendait des voix s'éloigner et revenir. On marchait autour d'elle.

– C'est qui, d'après vous, chef ?

– Elle avait une arme ?

– Regardez, c'est quoi, ce truc ?

– Pas une arme, en tout cas.

– C'est une copine de Wolfstein ?

– Laissez-moi réfléchir, intima une voix plus forte que les autres.

Liese était plutôt d'accord. Qu'on la laisse réfléchir. Schneider l'attendait. Assis dans son bureau, les lumières éteintes. Depuis combien de temps ? Avait-il compris dès le matin, devant l'ascenseur ? Ou s'était-il simplement endormi dans son fauteuil ? En tout cas, il avait réagi avec la rapidité d'un serpent : petite piqûre dans le cou, un de ces trucs à piston qui t'injectent une saloperie en sous-cutanée. À peine le temps de se rendre compte, et elle se retrouvait de nouveau dans l'ascenseur, capable de tenir debout, de marcher, mais le cerveau hors usage et les mains menottées derrière le dos.

Dans la voiture, il lui avait mis un bandeau sur les yeux. A priori bon signe : il n'avait pas forcément l'intention de la tuer. Puis ils avaient roulé. À l'arrivée, d'autres hommes les attendaient. On avait fait asseoir Liese dans un fauteuil, attaché ses mains aux montants.

Pour une fois, elle était contente d'avoir oublié son arme à Oslo. Au moins ils ne la prenaient pas encore pour une flic. La carte d'identité dans son sac de cambriolage la disait Allemande, originaire de Hambourg. Une autre l'attestait membre d'une association d'aide aux prostituées.

– Représentante commerciale, affirma une voix d'homme tout près de son oreille. C'est flou.

– Je n'ai jamais vu un passe électronique comme celui-ci, s'exclama une autre voix. Regardez ça !

Ils avaient trouvé Sezam. Ce qui n'allait pas lui rendre les choses plus faciles. Le plan de la porte ouverte et s'être trompée d'étage n'allait pas marcher.

Liese se concentra. Ne pas céder à l'envie de dormir. Rester consciente. Réfléchir. Et où bordel était passé Kurt ? Il aurait dû être témoin de tout ça, intercepter Schneider à la sortie de l'ascenseur. De toute évidence, il ne s'était pas fait prendre, personne ne parlait d'un complice. Peut-être avait-il décidé de rester en retrait, suivre la voiture et appeler des renforts avant d'intervenir. Ou alors, pour se venger il était parti en la laissant toute seule.

Quel petit idiot prétentieux ! Epicur n'était pas un jeu ! Si elle se faisait tuer à cause de ce crétin, elle reviendrait le hanter jusqu'à la fin de ses jours. S'il vous plaît, laissez-moi au moins la possibilité de me transformer en fantôme.

– Bon, chérie, on va discuter un petit peu, affirma une voix très près de son oreille. Tu as pénétré par effraction dans les locaux de la police nationale, et tu transportais dans ton sac des pièces à conviction emportées d'une scène de crime. Ce n'est pas très citoyen tout ça, pas vrai ?

Liese se rendit compte qu'elle tremblait, et tenta de respirer plus profondément. Se calmer sans s'endormir.

– On va commencer par les questions simples, reprit la voix. Nom, adresse, profession.

Liese ne dit rien. Elle ne pouvait penser à aucune histoire plausible pour expliquer sa présence dans les bureaux de la brigade des finances. Les règles selon Tommy étaient simples : Si tu as une histoire solide, tu la racontes et tu t'y tiens. Si tu n'en as pas, tu la boucles et t'attends les renforts.

Les renforts.

Son communicateur.

Ils le lui avaient pris, mais ils ne savaient sans doute pas comment l'éteindre. Il était réglé pour filmer, relayer en direct. Kurt allait voir et viendrait la délivrer. Il fallait juste tenir le coup.

– Pas envie de parler ? C'est dommage, parce que tôt ou tard, tu parleras. Personne ne sait où tu es en ce moment. Personne ne viendra à ton secours.

Il inspira profondément comme pour donner plus de poids à ses paroles.

– Je ne suis pas un homme sans cœur, chérie, mais j'aime bien sentir que la volonté de trouver une solution à l'amiable est partagée. Tu vois, il y a deux hommes avec moi ici qui, eux, adorent se servir de leurs mains. Si tu vois ce que je veux dire. Je ne voudrais surtout pas en arriver là.

Liese ne dit rien. Se répéta, comme un mantra : Ils vont venir, ils vont venir.

– Il y a aussi les drogues, poursuivit Schneider. On t'injecte le truc et tu te mets à déblatérer jusqu'à la vie intime de ta grand-mère. Tu comprends ? Alors l'un dans l'autre, tu parleras. Ce n'est qu'une histoire de temps. Et peut-être aussi de douleur.

Ne pas l'écouter. Si ça se trouve, il n'a pas les moyens de mettre en pratique ses menaces. Il faut une certaine constitution psychologique pour frapper une femme. Et les drogues dont il parlait ne s'achetaient pas comme des Curry-Würste, à chaque coin de rue.

– Allez, on recommence, chérie. Tu dis tout. Qui tu es, d'où tu viens, et ce que tu foutais à minuit dans mon bureau.

Puis, soudain, le cerveau de Liese s'arracha à sa volonté, s'emballa ; scénarios catastrophes : Kurt avait éteint son communicateur. Le sien avait été plongé dans l'eau par Schneider. Personne ne viendrait. Personne n'aurait même l'idée de s'inquiéter. Pas avant le lendemain matin. Kurt voulait lui donner une leçon en la laissant seule. Toute la nuit. Une nuit entière à souffrir pouvait paraître très, très longue. Il fallait parler.

Et puis, ça changerait quoi ? Schneider et ses hommes n'allaient pas assassiner tout Epicur ? On finirait quand même par les arrêter, ces soi-disant flics !

Oui, mais pour l'instant, il croyait encore pouvoir s'en sortir. Et il avait déjà tué quatre personnes.

Une gifle interrompit ses pensées. Suivie d'une autre. Et d'une autre encore. Le bandeau sur ses yeux fut arraché. Eh bien, ma grande, à présent, t'es vraiment foutue.

*

Caleb regardait le bar du Grand Hyatt par le filtre de la cellule optique du communicateur accroché à la hanche de Rhéa. L'angle de vue revêtait un aspect fortement sensuel.

Schnabel et Bétille étaient toujours à la même place.

– C'est eux, dit Caleb en sachant que sa voix se nicherait directement dans l'oreille de Rhéa grâce à l'oreillette sans fil qu'elle portait. Le type en jeans, c'est Bétille. L'autre, c'est notre éminent juge qui, après s'en être mis plein les poches et avoir trempé dans le meurtre de quatre personnes, voudrait qu'on le laisse tranquillement s'en aller jouir de ses piscines et de ses résidences tertiaires.

Rhéa écouta. Elle pouvait difficilement participer à la conversation sans donner l'impression de parler toute seule.

– Je t'aime, ajouta Caleb.

Le juge eut un petit sursaut et porta un téléphone portable à son oreille. Puis il se leva, un peu vacillant. Bétille resta assis.

– Attention, ça bouge ! dit Caleb à Rhéa comme si elle ne le voyait pas. Sors avant lui.

Mais l'Anglaise se dirigeait déjà vers les portes du hall, s'attirant un grand sourire de la part du portier de nuit qui s'empressa de lui tenir la porte.

– Je coupe, murmura-t-elle en sortant, et l'écran devint noir.

De loin, il la vit dire quelques mots au pilote de la moto, puis mettre son casque et monter derrière lui.

Le juge Schnabel sortit à peine une minute plus tard, attendit qu'un employé lui apporte sa voiture. Caleb n'osait pas imaginer le taux d'alcool qu'il avait dans le sang, mais le juge prenait quand même le volant. Quand on a déjà quatre morts sur la conscience, un de plus ou de moins…

La moto avait traversé le boulevard et emprunté une rue sur la droite, pour reprendre la filature plus loin. Caleb laissa la voiture du juge les dépasser avant de dire au chauffeur du taxi :

– Allez-y. Tout droit. Pas trop vite.

Schnabel conduisait lentement. Tout juge qu'il était, si la police le faisait souffler sur l'écran sensible d'un alcootest, il repartirait à pied. Sa voiture s'engagea sur l'autoroute, direction nord-est. Caleb en profita pour appeler Kurt, lui expliquer la situation. Toujours tenir au courant le responsable de l'enquête.

– Je… je pense que nous ne devons pas être très loin l'un de l'autre, répondit l'Allemand sur un ton qui se voulait badin mais qui ne réussissait qu'à véhiculer une impression de peur.

– Que se passe-t-il ? demanda Caleb prudemment.

– Liese s'est fait surprendre par Schneider, intervint la voix d'Enrico. Kurt n'a rien pu faire, il m'a appelé et on les suit grâce à Tommy qui a repéré le communicateur à moitié éteint seulement.

Rien pu faire, mon œil, pensa Caleb. Rien su faire, plutôt. Le petit coq a merdé, une fois de plus. Tommy n'aurait jamais dû l'engager.

– On maintient le contact, se contenta-t-il de répondre. C'est la soirée de la fête au labo ! Liese est dans quel état ?

– Consciente, mais ils ont commencé à cogner, dit Enrico d'une voix dure. Son communicateur est resté en mode optique. On ne voit pas grand-chose, ils ont dû le poser dans un coin, mais on a le son à défaut de l'image.

Caleb étouffa un juron. Si Liese devait payer l'incompétence de Kurt…

– On y est.

La voix de l'Allemand coupa court aux fantasmes meurtriers de Caleb.

– Et le gagnant est… Beck Apotheke, bravo Tommy ! intervint Enrico. Merde, le parking est fermé, gardien et tout.

– Dépassez l'entrée et attendez-moi, ordonna Caleb. Je ne dois pas être très loin, et l'arrivée du juge sera attendue. Schneider l'a appelé. Rhéa arrive sur une moto qu'elle a réussi à emprunter à un voisin. Avec le voisin en prime.

– Quoi ? s'écria l'Italien. Ah, non, Caleb. On ne peut pas permettre ça !

– On aura peut-être besoin d'elle, fit remarquer le Belge.

– D'accord, mais…

Enrico se tut, à court de mots pour exprimer son indignation. Caleb sourit. Il se sentait subitement moins seul.

– Si ça tourne mal, elle l'hypnotisera, dit-il au bout d'un moment. Rhéa sait aussi se faire oublier.

– Rhéa sait faire beaucoup trop de choses, si tu veux mon avis, répondit Enrico. Un jour, elle finira par trouver plus fort qu'elle. Je vois des phares arriver derrière, c'est toi ?

– D'abord le juge, puis moi, et Rhéa un peu en retrait. Oui, le juge met son clignotant. Il tourne pour entrer dans l'enceinte de l'usine.

– Et nous, on suit. Le gardien n'osera pas faire quoi que ce soit, affirma l'Italien.

– Attendez que j'aie parlé au juge. Il m'a déjà vu, insista Caleb.

Il descendit du taxi, entra à la suite de la voiture du magistrat, ouvrit la portière du passager et s'installa à la place du mort.

– Monsieur le juge Schnabel ! dit-il avec un sourire. Comme on se retrouve ! Dites au gorille que vous attendez encore du monde. Quatre personnes. Une voiture et la moto qui vient de la droite. Je sens qu'on va bien s'amuser.

24

Kurt eut l'impression d'assister à l'opération en tant qu'observateur. Il n'était responsable de rien, sauf, à la limite, de l'enlèvement de Liese Ruhlsten. Depuis son coup de fil à Enrico, il avait laissé l'Italien prendre la direction des événements, et soudain tout semblait rouler. Les composants d'Epicur savaient faire ; on aurait dit qu'ils communiquaient par télépathie.

Après avoir convaincu le juge de les faire entrer avec lui, Caleb s'était rué sur Schneider. Le flic pourri de la brigade financière n'avait pas compris ce qui lui arrivait. Enrico et Rhéa s'était occupé des deux autres collaborateurs en crime. Ça paraissait facile. Tout d'un coup, le karaté appris dans le centre d'entraînement d'Epicur devenait une vraie arme. Mais Kurt était incapable de porter le moindre coup ; lesté dans l'effroyable réalité de son échec comme dans un pavé de béton au fond de la mare.

Il avait rattrapé les clefs de menottes lancées par Caleb, puis s'était approché de Liese.

– Que s'est-il passé ? demanda-t-elle. Pourquoi tu n'étais pas là ?

La peau de son visage était rougie, un bleu en formation autour de l'œil droit, mais sinon, elle ne semblait pas avoir trop souffert.

– J'ai décroché, murmura-t-il en lui libérant les poignets.

– Quoi ?

– J'ai été distrait.

Elle le fixa un instant avant de détourner le regard, mais Kurt avait eu le temps d'y lire une profonde déception.

– Ne t'inquiète pas, je vais démissionner, affirma-t-il.

Liese se frottait les avant-bras pour rétablir la circulation. Elle secoua la tête.

– Trop facile, Kurt, répliqua-t-elle. Ça ne se passe pas comme ça à Epicur. Tommy ne te permettra pas de fuir. Ici, on se comporte comme des adultes. On assume ses erreurs et on construit à partir d'elles.

– Je ne suis pas fait pour ce boulot, insista-t-il.

– Arrête de penser sans cesse à toi, et tout ira beaucoup mieux, lui suggéra-t-elle. Rhéa a besoin d'un coup de main.

Ce n'était pas vraiment le cas. Le type qu'elle avait immobilisé, face contre sol, ne lui posait pas trop de problèmes. Kurt arriva pour lui passer les menottes et le remettre debout.

– Europol, chuchota Rhéa.

Il la regarda un instant avant de comprendre. Ah oui, Europol. Faire arrêter les quatre flics et le juge. Il sortit son communicateur, appela le commissariat central, demanda à être mis en relation avec l'inspecteur divisionnaire Lübeck, puis regarda les quatre hommes.

– Vous êtes en état d'arrestation. Vous avez le droit de vous taire. Vous avez le droit de demander l'aide d'un avocat à partir de (coup d'œil à sa montre) quatre heures du matin. On va vous emmener, pour des raisons de sécurité, à la maison d'arrêt de Potsdam où les interrogatoires seront menés par mes collègues et moi-même.

– Je ne veux pas aller en prison, répéta le juge. Je vous dirai tout ce que vous voulez savoir, mais ne m'envoyez pas en prison. Vous savez ce qui arrive aux magistrats une fois derrière les barreaux ?

– Vous savez ce qui est arrivé à Marina Wolfstein ? demanda Kurt.

Le juge se tut.

– Venez voir par ici, appela Liese qui avait commencé à profiter de Sezam pour ouvrir toutes les portes qui donnaient sur la pièce qui servait apparemment de salle de repos.

Devant eux s'étendait le laboratoire qu'ils connaissaient déjà pour l'avoir vu dans le film retrouvé dans la caméra de la cinéaste.

– Eh bien, le puzzle sera bientôt complet, murmura Kurt. C'est quoi, ça ?

Il venait de remarquer, au fond du laboratoire, un carton contenant des boîtes de Songezépam.

– Ce médicament n'est même pas fabriqué ici, constata-t-il. Qu'est-ce qu'il fait là ?

– Aucune idée, reconnut Rhéa, mais nous en avons trouvé jusque dans les cheveux de nos deux terroristes. Apparemment, c'est un produit qui a beaucoup de succès par les temps qui courent.

– C'est surtout un produit qui induit une dépendance quasi immédiate, affirma Hans Niemer de la porte de la salle de repos.

– Vous êtes le voisin ? demanda Kurt.

– Voisin et médecin légiste, confirma-t-il. C'est moi qui ai pratiqué les autopsies.

– Et vous habitez tout près de notre pension ? Quelle coïncidence ! murmura Caleb.

– C'est un produit assez complexe, intervint Rhéa. Il provoque à la fois une dépendance et une forte malléabilité psychologique chez le consommateur régulier. La question est de savoir ce que fait une telle quantité d'hypnotique chez un fabricant de cachets contre le mal de tête.

– Peut-être qu'ils le déconditionnent ? suggéra Liese.

Le revendent sous un autre nom ? Ou sur le marché noir ?

– Pour quoi faire ? demanda Caleb. Le Songezépam est commercialisé par Farma, une autre succursale appartenant à Ant. Économiquement, ça ne voudrait rien dire de…

– Je sais, intervint Rhéa en regardant le médecin légiste. La dépendance. Induire une dépendance. C'est ce que tu disais, non ? (Cette dernière question fut adressée à Caleb). Que des tas de médicaments ne seraient plus pris en charge par le système de soins, donc les gens allaient arrêter de les utiliser ?

Caleb hocha la tête.

– Eh bien, plutôt que de perdre le marché, le fabricant crée une dépendance en ajoutant du Songezépam aux médicaments qui ne seront plus remboursés. De cette manière, il est certain que les malades continueront de les réclamer auprès du médecin, quitte à les payer eux-mêmes.

– Elle a raison, dit Niemer.

– Bien sûr qu'elle a raison, approuva Caleb.

Un bruit de sirènes venant du parking mit fin à la conversation. La cavalerie du jour était arrivée sous la forme d'une brigade d'Europol.

*

– J'avais peur que tu sois partie, avoua Kurt en s'asseyant sur le lit où Annette finissait sa nuit.

Elle lui adressa un sourire endormi.

– J'y ai songé, je l'avoue. Mais il arrive un moment où il faut arrêter de courir, non ?

Il sourit à son tour.

– C'est marrant. Tu es la deuxième personne à me dire ça cette nuit.

– La répétition n'est pas forcément un signe de vérité... mais bon. Cela donne sans doute à réfléchir.

– Je ne peux pas rester longtemps, soupira Kurt. J'ai pris une heure pour venir voir si tu allais bien. Je me douche et je repars.

– Je te prépare du café ?

Kurt se dirigea vers la salle de bains avec légèreté. Finalement, la mission était une réussite. Ils avaient découvert les motifs et les commanditaires des assassinats de Marina Wolfstein, Rolf Baueur, Knass et Reiser, et mis au jour une vaste arnaque pharmaceutique. La vie pouvait aller plus mal !

– L'enquête avance bien ? demanda Annette quand il apparut dans la cuisine, propre et changé.

– L'enquête est finie, annonça-t-il fièrement. Il ne reste qu'à établir la responsabilité de chacun, déterminer les actes commis par les uns et les autres, mais le plus gros est accompli. Tu avais raison d'appeler Epicur, ajouta-t-il. On a pu éviter quelque chose de très moche.

Elle sourit, rassurée.

– Je n'ai peut-être pas tout raté dans ma vie, alors ?

– Je pense que tu peux te dire que t'es plutôt une bonne flic. J'aimerais pouvoir en dire autant de moi-même.

Il passa rapidement à l'appartement de Ludwigkirchstrasse prendre des nouvelles d'Inès. Les autres étaient encore à la maison d'arrêt. Le nombre de personnes impliquées dans la tentative de dopage de médicaments courants était impressionnant.

– La totalité de l'unité ULTIM, pour commencer, expliqua-t-il à l'Espagnole. Plus un bon nombre de responsables à la fois de Beck mais également de la société Farma. Ce serait parfait, de pouvoir y lier des responsables d'Ameise, voire de Termite. Mais nos directeurs d'usines pharmaceutiques ne parlent pas. Les responsables de Beck et Farma vont faire quelques années de prison pour complicité de meurtre, puis ils recouvreront la liberté et poursuivront comme avant.

Inès soupira longuement.

– Je crois que l'un des seuls critères pour juger la valeur d'un être humain est sa capacité d'évoluer, sa volonté de s'améliorer et d'apprendre à partir de ses erreurs, dit-elle d'une voix songeuse. Si on ne sait pas progresser, je ne vois pas l'intérêt de continuer de vivre.

Kurt mit un moment avant de dire :

– Ils ont annoncé la mort de Pedro Morivani à la radio.

– Oui.

– Je suis désolé.

– Ne le sois pas. Justement, il n'a pas su évoluer.

– Tu pars quand ? demanda-t-il pour changer de sujet.

– Dans une heure. J'ai une lettre à ouvrir.

L'appel de Tommy arriva alors qu'il s'apprêtait à redémarrer sa voiture.

– Au fait, je me posais une question, affirma sans préambule le gnome à pustules. Qu'y avait-il au juste dans le flacon de shampooing ?

– On ne le sait pas, avoua Kurt. Rhéa pense qu'il s'agissait d'un mini-CD ROM avec tous les contacts de Marina Wolfstein ; les adresses e-mail qu'elle ne voulait pas garder sur son ordinateur perso, mais on n'en sait rien. Schneider n'a toujours pas desserré les dents. Il prend exemple sur Liese.

– Sauf qu'aucune équipe de choc ne va débarquer à la dernière minute pour le tirer de là, rigola Tommy. Avec l'enregistrement du communicateur de Liese, il va en prendre pour un joli paquet d'années.

– Les responsables de *Neues Deutschland*, de peur de se voir inculpés pour complicité de meurtre, l'accusent de s'être servi de Knass et Reiser et produisent un certain nombre de preuves pour le lier à nos apprentis fascistes.

– Et toi ? demanda Tommy d'une petite voix innocente.

– J'ai vu mes erreurs, répondit-il.

– Toutes ?

– Sans doute pas. Mais j'y travaille.

– Travailler à démasquer ses erreurs, en voilà un beau projet de vie ! J'espère qu'Annette appréciera.

Kurt regarda l'image du gnome impossible, partagé entre l'incrédulité et la haine. Puis, sans doute à cause de la fatigue, l'image se brouilla et ce fut son propre visage qui apparut, jaune et boutonneux.

– Je l'espère aussi, répondit-il.

DU MÊME AUTEUR

Une chauve-souris dans le grenier
L'Atalante, 1995
Gallimard, « Folio Policier », n° 161, 2000

Un singe dans le dos
L'Atalante, 1996
Gallimard, « Folio Policier », n° 179, 2000

Le Loup dans la lune bleue
prix Michel Lebrun de la ville du Mans
L'Atalante, 1997
Gallimard, « Folio Policier », n° 254, 2002

Crève de plaisanterie
Baleine, « Le Poulpe » n° 60, 1997

Les Compagnons du Loup
Le Maître des agneaux 1
L'Atalante, 1997

Cauchemar-Rail
Syros, « Souris noire », 1997

L'Adoration des bergers
Le Maître des agneaux 2
L'Atalante, 1998

L'Inconnue dans la maison
Syros, « Souris noire », 1998

Mémé méchante
Syros, « Mini-souris », 1998

Le Passage
Baleine, « Macno », 1998

La Brebis galeuse
Le Maître des agneaux 3
L'Atalante, 1998

Le Mystère de la toile d'araignée
Albin Michel, 1998

Si sombre Liverpool
Synchronicité 1
L'Atalante, 1999

Un meurtre de corbeaux
Rivages, «Rivages noir», 1999

Brumes sur la Mersey
Synchronicité 2
L'Atalante, 1999

Zelna contre les vampires
Zelna and co 1
Milan, « Poche junior », 2000

Le Cheval fantôme
Syros, « Souris noire », 2000

Carnivore Express
Epicur 1
Seuil, « Points », n° P757, 2000

Les Enfants de la pleine lune
Degliame éd., « Le cadran bleu », 2000

Palazzo maudit
Epicur 2
Seuil, « Points », n° P821, 2001

Cavalier seul
Al Teatro 1
L'Atalante, 2001

Biblio-quête
Epicur 3
Seuil, « Points », n° P910, 2001

Le Dossier Lazare
Rivages, « Rivages noir », 2001

Les Vampires contre-attaquent
Zelna and co 2
Milan, « Poche junior », 2001

La Revanche de Momo
(illustrations Magali Bardos)
Magnard, « Les p'tits policiers », 2001

Haute Tension
(illustrations Frédéric Rébéna)
Albin Michel, « Le Furet enquête », 2001

Le Diable en vert
Éditions du Masque, 2002
et « J'ai Lu Policier », n° 6952

Nucléaire Chaos
Epicur 4
Seuil, « Points », n° P 1039, 2002

Cheval de guerre
Al Teatro 2
L'Atalante, 2003

La Mort en rouge
Éditions du Masque, 2003

Tipaza, mon amour
Syros, 2003

Moros
Al Teatro 3
L'Atalante, 2004

RÉALISATION : PAO ÉDITIONS DU SEUIL
IMPRESSION : NOVOPRINT
DÉPÔT LÉGAL : NOVEMBRE 2004. N° 52665
IMPRIMÉ EN ESPAGNE

Collection Points

SÉRIE POLICIERS

DERNIERS TITRES PARUS

P651. Bloody Secrets, *par Carolina Garcia-Aguilera*
P652. La Femme du dimanche
par Carlo Fruttero et Franco Lucentini
P653. Le Jour de l'enfant tueur, *par Pierre Pelot*
P669. Le Concierge, *par Herbert Lieberman*
P670. Bogart et Moi, *par Jean-Paul Nozière*
P671. Une affaire pas très catholique, *par Roger Martin*
P693. Black Betty, *par Walter Mosley*
P706. Les Allumettes de la sacristie, *par Willy Deweert*
P707. Ô mort, vieux capitaine…, *par Joseph Bialot*
P708. Images de chair, *par Noël Simsolo*
P717. Un chien de sa chienne, *par Roger Martin*
P718. L'Ombre de la louve, *par Pierre Pelot*
P727. La Morsure des ténèbres, *par Brigitte Aubert*
P733. Le Couturier de la Mort, *par Brigitte Aubert*
P742. La Mort pour la mort, *par Alexandra Marinina*
P754. Le Prix, *par Manuel Vázquez Montalbán*
P755. La Sourde, *par Jonathan Kellerman*
P756. Le Sténopé, *par Joseph Bialot*
P757. Carnivore Express, *par Stéphanie Benson*
P768. Au cœur de la mort, *par Laurence Block*
P769. Fatal Tango, *par Jean-Paul Nozière*
P770. Meurtres au seuil de l'an 2000
par Éric Bouhier, Yves Dauteuille, Maurice Detry, Dominique Gacem, Patrice Verry
P771. Le Tour de France n'aura pas lieu, *par Jean-Noël Blanc*
P781. Le Dernier Coyote, *par Michael Connelly*
P782. Prédateurs, *par Noël Simsolo*
P792. Le Guerrier solitaire, *par Henning Mankell*
P793. Ils y passeront tous, *par Lawrence Block*
P794. Ceux de la Vierge obscure, *par Pierre Mezinski*
P803. La Mante des Grands-Carmes, *par Robert Deleuse*
P819. London Blues, *par Anthony Frewin*
P820. Sempre caro, *par Marcello Fois*
P821. Palazzo maudit, *par Stéphanie Benson*
P834. Billy Straight, *par Jonathan Kellerman*
P835. Créance de sang, *par Michael Connelly*
P849. Pudding mortel, *par Margaret Yorke*

P850. Hemoglobine Blues, *par Philippe Thirault*
P851. Exterminateurs, *par Noël Simsolo*
P859. Péchés mortels, *par Donna Leon*
P860. Le Quintette de Buenos Aires
par Manuel Vázquez Montalbán
P861. Y'en a marre des blondes, *par Lauren Anderson*
P862. Descentes d'organes, *par Brigitte Aubert*
P875. La Mort des neiges, *par Brigitte Aubert*
P876. La lune était noire, *par Michael Connelly*
P877. La Cinquième Femme, *par Henning Mankell*
P882. Trois Petites Mortes, *par Jean-Paul Nozière*
P883. Le Numéro 10, *par Joseph Bialot*
P888. Le Bogart de la cambriole, *par Lawrence Block*
P892. L'Œil d'Eve, *par Karin Fossum*
P898. Meurtres dans l'audiovisuel, *par Yan Bernabot, Guy Buffet,*
Frédéric Karar, Dominique Mitton
et Marie-Pierre Nivat-Henocque
P899. Terminus pour les pitbulls, *par Jean-Noël Blanc*
P909. L'Amour du métier, par *Lawrence Block*
P910. Biblio-quête, *par Stéphanie Benson*
P911. Quai des désespoirs, *par Roger Martin*
P926. Sang du ciel, *par Marcello Fois*
P927. Meurtres en neige, *par Margaret Yorke*
P928. Heureux les imbéciles, *par Philippe Thirault*
P949. 1280 Âmes, *par Jean-Bernard Pouy*
P950. Les Péchés des pères, *par Lawrence Block*
P964. Vieilles dames en péril, *par Margaret Yorke*
P965. Jeu de main, jeu de vilain, *par Michelle Spring*
P963. L'Indispensable Petite Robe noire, *par Lauren Henderson*
P971. Les Morts de la Saint-Jean, *par Henning Mankell*
P972. Ne zappez pas, c'est l'heure du crime, *par Nancy Star*
P976. Éloge de la phobie, *par Brigitte Aubert*
P989. L'Envol des anges, *par Michael Connelly*
P990. Noblesse oblige, *par Donna Leon*
P1001. Suave comme l'éternité, *par George P. Pelecanos*
P1003. Le Monstre, *par Jonathan Kellerman*
P1004. À la trappe !, *par Andrew Klavan*
P1005. Urgence, *par Sarah Paretsky*
P1016. La Liste noire, *par Alexandra Marinina*
P1017. La Longue Nuit du sans-sommeil, *par Lawrence Block*
P1029. Speedway, *par Philippe Thirault*
P1030. Les Os de Jupiter, *par Faye Kellerman*
P1039. Nucléaire chaos, *par Stéphanie Benson*
P1040. Bienheureux ceux qui ont soif..., *par Anne Holt*
P1042. L'Oiseau des ténèbres, *par Michael Connelly*

Collection Points

SÉRIE POLICIERS

DERNIERS TITRES PARUS

P651. Bloody Secrets, *par Carolina Garcia-Aguilera*
P652. La Femme du dimanche
par Carlo Fruttero et Franco Lucentini
P653. Le Jour de l'enfant tueur, *par Pierre Pelot*
P669. Le Concierge, *par Herbert Lieberman*
P670. Bogart et Moi, *par Jean-Paul Nozière*
P671. Une affaire pas très catholique, *par Roger Martin*
P693. Black Betty, *par Walter Mosley*
P706. Les Allumettes de la sacristie, *par Willy Deweert*
P707. Ô mort, vieux capitaine…, *par Joseph Bialot*
P708. Images de chair, *par Noël Simsolo*
P717. Un chien de sa chienne, *par Roger Martin*
P718. L'Ombre de la louve, *par Pierre Pelot*
P727. La Morsure des ténèbres, *par Brigitte Aubert*
P733. Le Couturier de la Mort, *par Brigitte Aubert*
P742. La Mort pour la mort, *par Alexandra Marinina*
P754. Le Prix, *par Manuel Vázquez Montalbán*
P755. La Sourde, *par Jonathan Kellerman*
P756. Le Sténopé, *par Joseph Bialot*
P757. Carnivore Express, *par Stéphanie Benson*
P768. Au cœur de la mort, *par Laurence Block*
P769. Fatal Tango, *par Jean-Paul Nozière*
P770. Meurtres au seuil de l'an 2000
par Éric Bouhier, Yves Dauteuille, Maurice Detry, Dominique Gacem, Patrice Verry
P771. Le Tour de France n'aura pas lieu, *par Jean-Noël Blanc*
P781. Le Dernier Coyote, *par Michael Connelly*
P782. Prédateurs, *par Noël Simsolo*
P792. Le Guerrier solitaire, *par Henning Mankell*
P793. Ils y passeront tous, *par Lawrence Block*
P794. Ceux de la Vierge obscure, *par Pierre Mezinski*
P803. La Mante des Grands-Carmes, *par Robert Deleuse*
P819. London Blues, *par Anthony Frewin*
P820. Sempre caro, *par Marcello Fois*
P821. Palazzo maudit, *par Stéphanie Benson*
P834. Billy Straight, *par Jonathan Kellerman*
P835. Créance de sang, *par Michael Connelly*
P849. Pudding mortel, *par Margaret Yorke*

P850. Hemoglobine Blues, *par Philippe Thirault*
P851. Exterminateurs, *par Noël Simsolo*
P859. Péchés mortels, *par Donna Leon*
P860. Le Quintette de Buenos Aires
par Manuel Vázquez Montalbán
P861. Y'en a marre des blondes, *par Lauren Anderson*
P862. Descentes d'organes, *par Brigitte Aubert*
P875. La Mort des neiges, *par Brigitte Aubert*
P876. La lune était noire, *par Michael Connelly*
P877. La Cinquième Femme, *par Henning Mankell*
P882. Trois Petites Mortes, *par Jean-Paul Nozière*
P883. Le Numéro 10, *par Joseph Bialot*
P888. Le Bogart de la cambriole, *par Lawrence Block*
P892. L'Œil d'Eve, *par Karin Fossum*
P898. Meurtres dans l'audiovisuel, *par Yan Bernabot, Guy Buffet, Frédéric Karar, Dominique Mitton et Marie-Pierre Nivat-Henocque*
P899. Terminus pour les pitbulls, *par Jean-Noël Blanc*
P909. L'Amour du métier, par *Lawrence Block*
P910. Biblio-quête, *par Stéphanie Benson*
P911. Quai des désespoirs, *par Roger Martin*
P926. Sang du ciel, *par Marcello Fois*
P927. Meurtres en neige, *par Margaret Yorke*
P928. Heureux les imbéciles, *par Philippe Thirault*
P949. 1280 Âmes, *par Jean-Bernard Pouy*
P950. Les Péchés des pères, *par Lawrence Block*
P964. Vieilles dames en péril, *par Margaret Yorke*
P965. Jeu de main, jeu de vilain, *par Michelle Spring*
P963. L'Indispensable Petite Robe noire, *par Lauren Henderson*
P971. Les Morts de la Saint-Jean, *par Henning Mankell*
P972. Ne zappez pas, c'est l'heure du crime, *par Nancy Star*
P976. Éloge de la phobie, *par Brigitte Aubert*
P989. L'Envol des anges, *par Michael Connelly*
P990. Noblesse oblige, *par Donna Leon*
P1001. Suave comme l'éternité, *par George P. Pelecanos*
P1003. Le Monstre, *par Jonathan Kellerman*
P1004. À la trappe !, *par Andrew Klavan*
P1005. Urgence, *par Sarah Paretsky*
P1016. La Liste noire, *par Alexandra Marinina*
P1017. La Longue Nuit du sans-sommeil, *par Lawrence Block*
P1029. Speedway, *par Philippe Thirault*
P1030. Les Os de Jupiter, *par Faye Kellerman*
P1039. Nucléaire chaos, *par Stéphanie Benson*
P1040. Bienheureux ceux qui ont soif…, *par Anne Holt*
P1042. L'Oiseau des ténèbres, *par Michael Connelly*

P1048. Les Lettres mauves, *par Lawrence Block*
P1060. Mort d'une héroïne rouge, *par Qiu Xiaolong*
P1061. Angle mort, *par Sara Paretsky*
P1070. Trompe la mort, *par Lawrence Block*
P1071. V'là aut'chose, *par Nancy Star*
P1072. Jusqu'au dernier, *par Deon Meyer*
P1081. La Muraille invisible, *par Henning Mankell*
P1087. L'Homme de ma vie, *par Manuel Vázquez Montalbán*
P1088. Wonderland Avenue, *par Michael Connelly*
P1089. L'Affaire Paola, *par Donna Leon*
P1090. Nous n'irons plus au bal, *par Michelle Spring*
P1100. Dr la Mort, *par Jonathan Kellerman*
P1101. Tatouage à la fraise, *par Lauren Henderson*
P1102. La Frontière, *par Patrick Bard*
P1105. Blanc comme neige, *par George P. Pelecanos*
P1110. Funérarium, *par Brigitte Aubert*
P1111. Requiem pour une ombre, *par Andrew Klavan*
P1122. Meurtriers sans visage, *par Henning Mankell*
P1123. Taxis noirs, *par John McLaren*
P1134. Tous des rats, *par Barbara Seranella*
P1135. Des morts à la criée, *par Ed Dee*
P1146. Ne te retourne pas !, *par Karin Fossum*
P1158. Funky Guns, *par George P. Pelecanos*
P1159. Les Soldats de l'aube, *par Deon Meyer*
P1162. Visa pour Shanghaï, *par Qiu Xiaolong*
P1174. Sale Temps, *par Sara Paretsky*
P1159. L'Ange du Bronx, *par Ed Dee*
P1187. Les Chiens de Riga, *par Henning Mankell*
P1188. Le Tueur, *par Eraldo Baldini*
P1189. Un silence de fer, *par Marcelos Fois*
P1190. La Filière du jasmin, *par Denise Hamilton*
P1197. Destins volés, *par Michael Pye*
P1206. Mister Candid, *par Jules Hardy*
P1207. Déchaînée, *par Lauren Henderson*
P1215. Tombe la pluie, *par Andrew Klavan*
P1224. Le Vagabond de Holmby Park, *par Herbert Lieberman*
P1225. Des amis haut placés, *par Donna Leon*
P1228. Chair et sang, *par Jonathan Kellerman*
P1230. Darling Lilly, *par Michael Connelly*
P1239. Je suis mort hier, *par Alexandra Marinina*
P1240. Cendrillon, mon amour, *par Lawrence Block*
P1242. Berlinale Blitz, *par Stéphanie Benson*
P1245. Tout se paye, *par George P. Pelecanos*
P1251. Le Rameau brisé, *par Jonathan Kellerman*
P1256. Cartel en tête, *par John McLaren*